如果在冬夜，
一隻老鼠
張經宏●著

目次

輯三　溫泉雜想

推薦序

在永恆的泡沫裡，大約在冬季
——讀張經宏《如果在冬夜，一隻老鼠》

凌性傑

對散文家來說，離開往事的方式，可能是把那些無法輕易放下的事寫出來，藉此讓心情得到最好的安置。有些事如果太早說出來，很可能因為情緒太過飽滿而顯得彆扭。有些事若是擱置太久，或許因為心緒索然便失去訴說的意願。在剛剛好的時刻，以適切的語調，把想說的統統說出來，是寫散文最理想的狀態。我很羨慕張經宏，在《如果在冬夜，一隻老鼠》裡，擁有這種最理想的狀態。面對非說不可之事，可以說得一派悠遠淡雅，這才是真正的散文味。

我在一個陰雨的午後讀完這本散文，那時空氣濕潤但不黏膩。點上一支京都仁和寺帶回來的櫻花線香，煙縷線條柔和，迂迴纏綿，緩速上升然後飄散，化入虛空之中。我對香道一竅不通，在屋內燃香不過是想要擁有香氛，順便沾染一些風雅氣息而已。焚香時觀察香煙裊裊，感受空氣的流動、香味的聚集與擴散，很容易就陷入沉思，讓心理時間慢下來。曾聽有人這樣說起焚香之事：「燃我一生之憂傷，換你一絲之感悟。」閱讀張經宏《如果在冬夜，一隻老鼠》，也有類似的感覺。春蠶吐絲，蠟炬成灰，都是無可迴避的命運。然而命運是什麼？命運是無法回到吐絲之前，命運是明知力不可為卻還是匍匐前進，命運是每個人為自己的業力負責。所謂業力，我無法將之等同為命定，大概只能想成是意念的累積、行動的結果。

因為張經宏的文字，我相信書寫可以創造實相。提姆・戴斯蒙（Tim Desmond）《在殘酷的世界中挖掘生命的美好》提到佛家思想的「苦、集、滅、道」四聖諦，我很喜歡他的詮釋方式。他說：「在巴利文中，車輪與輪軸完美契合稱為 sukha（樂），兩者無法嵌合則稱為 dukkha（苦）。」若是依照這樣的理路去思考「苦諦」，眾生的苦果、人類承受的所有痛苦，不會是只有表面意義上的苦痛，應該可以視為「崎嶇的旅程」。《如果在冬夜，一隻老鼠》最迷人、最珍貴的部分，正是記載那些崎嶇的旅程。寫散文永遠是「當下」的，而「當下」一瞬即逝。書寫的過程，把往日崎嶇一一篩選過，只留下自我與世界磨合的靈光，這是張經宏散文獨有的美，而且美到不行。書寫者有時現身、有時隱身，但他的視線始終充滿眷戀，虔敬地凝視已經消失的一切。

《如果在冬夜，一隻老鼠》輯一「原來的我」、輯二「點歌時間」，收錄的每一篇文章都是苦心孤詣之作。憶舊懷人本來就是散文常見的題材，事過境遷之後處理個人的體驗和情感，是無比私密的行動。這類文章要寫得好看，或者取材於特殊經驗，或者展現獨到的用情方式、敘述語調。「原來的我」因緣具足，二十世紀末的學運、社運、時代氛圍作為襯底，有風采、有個性的人物躍然紙上。學長、G、W、貓姊、阿綠、北橫女孩……，這些人物列傳與敘述者「我」相對照，正可以讓「我」找到意義的座標。我直覺以為，張經宏書寫這系列人物的時候，大概在深深嘆息，「我」已經不是原來的我了。這才驚詫，看待生命中重要他人的眼光，經過幾番折射之後，也是探照自己本來面目的方法。

寫散文常遇到一些關隘跨不過去，有些事情但願自己知道就好卻又非寫不可。於是書寫者無法連名帶姓稱呼那些人，只好以代碼或暱稱來召喚他們。邀請往日貼身相處過的人進到自己的文章裡，真的需要很大的勇氣。張經宏文章中安置的許多代碼，一方面含藏強烈的真情實感，一方面統括世事的滄桑無常，我想那也是遍歷人生的行動代號。

彼與我相遇又分離，相互補足人生的印記，即使時光的音訊杳無蹤跡也都已經不可惜。

然而，往事終歸是有痕跡的，不管你願不願意想起。《如果在冬夜，一隻老鼠》用了最多的典故，大概是國語流行歌曲。二十世紀八〇、九〇年代勁歌金曲無數，黏著力很強，每當一首歌的旋律響起，很容易連結到一段特殊的記憶。不禁要感謝，我們的時代提供主旋律（多麼鮮明的共同回憶），至於人生這回事，不過是各唱各的調而已。畢竟是盛世之音，怎麼唱都好聽，怎麼過活都有樂趣。當感官記憶盡情敞開，張經宏有他自成一格的用情方式，試圖將往事留在永恆的泡沫裡。永恆的泡沫裡，我隱約聽見〈大約在冬季〉：「輕輕的我將離開你，請將眼角的淚拭去」。張經宏在台北度過最青春璀璨的時光，當年的身體髮膚都成為他的記憶體。我因而有點惋惜，自己當年在台北求學的生活怎麼過得那麼乏味無趣。

輯三「溫泉雜想」透露過日子的方法，有一股慵懶鬆散的美。跟著張經宏一起閱讀、看電影、旅行、野地宿營，順便安放了太過浮躁的情緒。此前，當我陷入無話可說的荒野，當我在職場情緒過勞渴望脫身的時候，常常溫習《雲想衣裳》、《晚自習》這兩部散文集。讀張經宏說生命的故事，想著他毅然決然辭職的舉動，我做不到的事看著有人能夠辦到，這就足以形成安慰。又或者，看著人家心裡的情意結糾纏繳繞，而自己不用親身經歷，暗自僥倖地嘆氣，其實這樣也很好。寫散文的人分享不俗的知見與品味，已經夠吸引人了。若是願意從紅塵滾滾走來，告訴你必須瀟灑與必須俗氣的道理，那會更有樂趣。

我們如何參與回憶，決定了我們往後將會成為怎樣的人。《如果在冬夜，一隻老鼠》把諸多蒙塵的回憶逐一清理，拂拭乾淨，形成一面光潔的鏡子，照出來時路也照出生命的去向。我小心翼翼地對鏡自照，感謝這樣的一本散文集，明白意念可以創造實相，也明白實相裡可以充滿溫暖。因為有了這份溫暖，即便永恆只是一個泡沫，那也是很好的。

輯一　原來的我

抽屜

我被找去學長的寢室。「看看，」坐在他的旋轉椅上，看著另一個床位的書架：「有沒有喜歡的？」

兩邊的書桌、書架幾排整齊的書，就高爾基、屠格涅夫、托爾斯泰三種，每種上百本。學長在賣書。太好笑了，新生南路小貨車的書攤商，他至少看過吧，要就進個四五百種。在宿舍這樣搞，也太明目張膽。

「書堆在室友這邊，沒關係？」

其實我早知道，學長用人頭多占一個床位。「那個誰，還有誰（不同陣營的兩個頭頭）不都這樣？你去他們的寢室，你就知道。」

「真的？」我只想離開，「晚安。」快步走出那條陰暗的走道。

我大一搬出去住了半年，重新申請宿舍，「你自己看，」教官領我巡看牆上滿滿的寢室名牌：「沒有床位了。不然，」他的目光停在幾張照片身上：「你得親自去問，如果他們肯。」

我敲過那幾張名牌的門。為了使用的空間大些，他們用了些辦法，請賃居校外的幫忙，申請床位挪為己用，好置放更多的雜物，電鍋，音響。為什麼有人運氣那麼背，老是抽不到宿舍，我這下明白了。終於等到一個同學遷出，才空了一個床位給我。

有天傍晚，腳踏車停在宿舍的薜荔牆邊，學長臉色凝重地走來，「你上面是誰？」講了一個沒聽過的人名。

「我上面是高架橋，怎麼知道橋上有誰？」

「別跟我扯東扯西。誰派你來的？」

我趕緊道歉，拖著涼涼的背脊奔回寢室。

我把這兩件事串成因果：一定是不買書，學長找了個理由遷怒。我躲著，他益發盯人。他盯梢的方式有些可笑，當時的我卻笑不出來。走到哪裡，交誼區旁的書報架、車棚的盡頭、宿舍走廊的陽台，他就在眾人來去的角落看書、發楞。其他人眼裡，他不過在**那裡**想他自己的事。

黃昏我上去頂樓透氣。身後有人，是學長。他知道我看見了。他就是要我知道。我無法忽略。有個認識的同學也上來頂樓走動，我揮手招呼。學長就走了。怎麼？他也找你買書？「外面也是這個價錢。」同學買了高爾基的《母親》。「這樣能賺多少？」望著陽台外的蟾蜍山，「可以去打工啊，家教、清潔工、發傳單。才三種書，這樣做生意的？」

「發傳單？」同學說，之前有人找學長發建設公司的廣告，被罵是資本主義的走狗。到東區打掃辦公大樓？那就是資本主義的奴才了。家教？讀個書還要多花家裡的錢，找人盯著背單字片語，這種錢不如不要。

聽說學長當兵時遇到不可理喻的事，變成這樣。「之前還有一個，比他更慘的。」

說的是在部隊被玩壞的事。幾個當過兵的學長，老愛講些部隊的整人把戲：喝令新兵兩腿夾住牙膏罰站，牙刷清洗馬桶，皮靴銅環丟給學弟擦拭，半夜連站兩班哨，那是兵在玩的。

「還有一種，是把你玩成另一個人了，弄到你神經兮兮，人家換了目標，把你丟一邊，就你一個困著還不知道。其他人看好好的一個變成那樣，自然就乖了。」

聽著有些蹊蹺。有人因為「不乖」而被弄了。到底是怎樣的不乖，「被弄」又是怎樣的玩法呢？

我們說起成功嶺的思想教育。拿心得寫作簿來說吧，你閉著眼睛寫，長官閉著眼睛看，學長會不懂？明知道下場還這樣，這有他性格的執拗或特殊的際遇吧。早幾年有人因堅持想法而遭退學，給丟到外島「操練」，他們受的委屈折磨，身上像披了隱形彩帶，看在學弟眼裡，多少帶些崇敬的目光。相較之下，單純在紙上馳騁文墨，熱血之徒是看不上的。而「文學作為一種社會參與」的論調，也不是沒人在說，然沒有實際下去弄點什麼，不知為何，那個年代竟有一種難堪。除非兩手一攤，說，我是個閒情派。

又一個學弟被跟蹤了。我們在交誼廳交換心得：不要理他就好。等他再找到下一個，你就沒事了。

有個同學說，上回演講結束後，學長一個人拎著塑膠袋，蹲在座位間撿拾垃圾，排列桌椅，是個默默做事的人啊。

然後我們聊起抽屜。最近發生的怪事：幾間寢室的抽屜被動過。頂多放置零錢、藥品、泡麵、借書證，上鎖的沒上鎖的，學生證被貼上骷髏貼紙，記事本夾了一紙無關痛癢的傳單，底層放了一張撕下來的筆記紙，筆跡潦草，約莫是某場演講的紀錄。

不是什麼嚴重的事，東西也沒少，只是有人偷偷打開。我們每個回去檢查自己的抽屜。

幾個抽屜被動過手腳的，把想到的可能拿出來：是那幾場活動的關係？

說的是李敖、陳映真的演講。李敖那陣子來過幾次，借的是綜合教室的演講廳，兩三百人跑不掉。陳映真就放到醉月湖後面的海洋館教室，頂多十來人。演講後，同學都舉手問了問題。

「你問李敖什麼？」

「忘了。」同學說：「李敖說我的不成問題，就進入下一題。」

另一個寫時事評論，熱衷於投書報社的小高，抽屜被放了一紙畫了個大叉的剪報。

「我毀了。」小高說：「白紙黑字，我都用本名發表。」

小高常常拿他見報的文章，給幾個朋友看。某學弟說：「你只是寫了報社想要的。」小高和學弟吵了一架。

那學弟後來安慰小高：「反正沒掉東西，這種事不要去想。」

「你沒遇過，你懂什麼？」

聽演講舉個手發問，寫時事評論就被搞，如果真是這樣，**那個人**什麼時候溜進寢室？他怎麼知道寢室沒人？上鎖的抽屜如何打開？是有人教他，還是他自己想這樣搞？他（們）是誰？

「也許他就坐在那裡，我們說的都聽見了。」同學指著交誼廳過去，二三十個看電視、打撞球的身影。種種無法證實的猜測，愈想愈討厭。

幾個後來跑去找教官。「重要的東西不要放抽屜，」教官說，宿舍那鑰匙防君子用的，有心人就是想弄個無啥大礙的疙瘩，搞得你雞飛狗跳。不當一回事，對方就白忙了。

本想找來處理問題的，問題就這樣處理掉了。

有個剛從南部回來的同學說，你們愈神經過敏，**那個人**就愈開心。「我要是他，看你們瞎猜窮緊張，就想再弄你們。」

另一個同學說，要不是那幾天你不在，你也脫不了嫌疑。「你還覺得有趣嗎？」

那個賣書的學長走過來。大約他也聽說了，「這種事就嚇成這樣。」冷冷說了一句。沒有人想多聊，他幽靈一樣地飄走。

後來聽說小高休學了。抽屜那事給了他莫大的刺激，終日疑神疑鬼。有人說是感情問題。到底什麼原因，我們也沒多問。

若干年後，宿舍幾個同學約在校園外的泡沫紅茶店，巷子那頭走來一個熟悉的身影，是賣書的那個學長。正午的陽光曬得他一身慘白，穿著長褲外套，外面的冷熱與他無關。

這麼多年了，同學說，這一區像藏著一塊巨大的隱形磁鐵，有些人就是離不開這裡。他們在這一帶出沒，羅斯福路，新生南路，溫州街，辛亥路，彼此交錯而過，也是各走各路，目色空空的，誰都打不上招呼。

可悲啊這麼多年。另一個同學說，「這樣繞啊繞。」

起先以為他說的是學長。「我們看到的只是他落拓的外表，也許他剛聽了一場振奮人心的演講，正構思著某個不世出的理論呢。」

博士班讀到N年，反覆地休學、復學的同學，看著學長走遠的背影，嘆息地自嘲。那又是其他的故事了。

沒有堤岸的河流

S寄來網路上幾張G的照片。是個攝影師的人像作品，主角是外文系同學G。G頹然坐在祖先神桌下，一地酒瓶，原就瘦削的他虛得如一縷幽魂。攝影師寫到G當年在家鄉如何秀異特出，如何讓同儕仰望，如今是個日日醉酒，喝到語無倫次的酒徒。黑白照片的光精心處理過，神桌幽暗處的祖先更顯森嚴。另有一張近拍，眼尾勾翹，眉梢上揚，細目方顎，臉像定了妝，得整張皮拆卸才能見到一個躲在深處的他。

「他一定是壞掉了。」S說。

G一直在演。以前的他演一個有夢想理念的青年，照片的他演一個終日昏茫於酒精的失魂者。

*

一九八八年，讀大二的G來宿舍找我，他活動很多，社運無役不與，是小有名氣的校園紅人，又接辦學生會刊物，需要有人寫小說。

我記錯了截稿時間。他來取時，小說其實寫得差不多。「我等你。」G從我櫃子上抽了本書，靠在床梯邊翻看。

「需要我幫你謄嗎？」

等稿子時G問我，喜歡誰的電影。他喜歡侯孝賢，《童年往事》是他的第一名。

我喜歡楊德昌《青梅竹馬》，我的第二名。還沒有誰是我的第一名。

「你該看看《童年往事》。」G說，如果可以，他也要拍一部「自己的第一名」。

「好了。」我順完稿子的最後幾個段落，「你帶回去吧。」

小說寫了某人與同學約好參加街頭運動，來的人稀疏，走著跟著脫了隊，一個人來到圓山河岸看飛機劃過台北夜空。審稿的學長說：你這篇，「運動感」不夠明確喔。好像有東西又好像沒有。你根本沒寫完。

稿子後來沒刊出。也許心懷歉意，G約我去八德路Roxy玩。他白天甚是忙碌，陪玩到兩三點，絲毫不見倦容，聊起電影更見精神，在四周沾黏尋覓的眼神與轟轟的音樂底下，他一句一句穿過滿桌的啤酒罐，跟立場迥異的同學辯論保守勢力與改革路線，爭得面紅耳赤。

「需要那麼用力嗎？」我說：「換個地方說吧，這裡這麼吵。」

G起身走人。隔沒幾天，他拄著拐杖來宿舍，在我的座位上悶頭寫東西。一問才知前夜社團開會，眾人僵持不下，G走到二樓陽台，一躍而下。

「你怎麼不從頂樓跳下。」

「想看我斷兩條腿的樣子？」

G走後，「這人怎麼這樣？」室友掀開棉被探頭：「他來都不敲門？」

二十歲那年夏天，天安門事件。隔年野百合學運。學生運動承各方召喚，結合媒體攀上解嚴之後的高峰，每年的學生會長選舉，「改革派」情勢大好，推出的人選總能勝出。G那幾年忙進忙出，鋒頭夠健，我在活動中心前見他蹲在地上貼海報，「下屆你會出來選吧？」

G不置可否，神情透出少有的慎重。數月之後，改革派甲方推G參選，乙方社團另推出W。最終兩方各推出代表，與K黨競選會長。樂觀的同學認為，只要一個衝高票數，改革派還是會贏。

W和G的社團理念相近，但票就那麼多。K黨派出一個上台說話細聲細氣的女孩。有人談及女孩的父親是個局長，台下「喔」地似乎明白了。

近三十年後，從政多年的那女孩隨一票人擠上外交部的玻璃門，硬生生弄傷同僚指頭。這則夾側於耶誕與歲末之間的亂糟糟的新聞，電視不斷播出。女孩臉色痛苦，坐著輪椅讓眾人簇擁，推進病房。

「弄成那個樣子，」S看了新聞說，「就是要人疼的小女生啊。」

學期伊始，眾聲喧嘩。二二八是日，社團糾眾幫偉人銅像帶高帽（三十年後，電視劇《天橋上的魔術師》開場的一個鏡頭，掠過的一張照片，G在那裡），出刊物，掛布條，辦影展，讀書會一場接一場，活動不曾稍歇。室友回來宿舍，說起G的政見演講，「真有魅力，還以為他就是個小弟弟。」

問講了什麼？「這得想一想，」室友說：「就是一種流露啦。看得出來他有準備。」

世間諸事，志同道合的友伴、相視莫逆的愛侶種種，一旦站到對立面，甚而起了競爭關係，旁觀者不免咋舌：人性的變化詭譎，竟可以到這樣的地步。

選舉也是。改革派兩造先是兄弟爬山各自表述，後來歧見增生，耳語不斷，曾經密契的夥伴漸漸摳挖彼此細碎，從中被聚焦再放大，涇渭愈分愈明。若干閒言八卦，校園中或明或暗地流傳。

某夜，S來總圖找我。S言詞吞吐，說她有個心儀的學長，清秀聰慧，才華洋溢，但「懷疑那學長愛的是男人。」

我很快猜到，她說的是G。

「你也知道？」S說：「可以幫我問嗎？」有人在傳，社團在同學的住處開會到半夜，大夥兒累了倒下就睡，G欺過身暱在學長身上。許多人都看見了。

所以，要我問什麼？既然妳都聽說了。

「你就幫我試探，G到底是或不是。」S說，「如果G說『是』，幫我跟他說：沒關係的，我們早就知道了。」

「為什麼是我去問？」

「你看起來無害，適合作餌。」

我很想問S，是又怎樣呢？如果妳真的愛他？

「好吧，我幫妳問。」看著她焦灼的眼色，「妳不是第一個央我問這事的。我都有點忌妒他了。」

我到G的社辦留言。幾十種筆跡、讀書心得寫滿整本冊子，首頁的發言不過昨晚的事，很多人半夜沒睡，跑來寫留言本。這若在今天，約莫是PPT上幾秒鐘就滑了過去的千百則消息。我找了枝簽字筆，寫下找人的訊息。

G終於來宿舍找我。是個濕寒的春夜，我們共騎一輛機車到永和，吃完消夜，來到福和橋下的水邊。

一問起感情，G反倒問我，「怎麼不說說你自己的事。」我聳聳肩：「所以這是不能問的？」

如此鬼打牆了幾個回合，G朝前方水邊走去：「這河好寬，跳下去不知怎麼樣。」

又來了，我心裡犯起嘀咕。G回頭：「我不是。」沒有人需要為「是或不是」來向誰昭告吧？這太荒謬了。他站起身，「走吧，再說下去只會愈來愈冷。」

我坐上G的摩托車，微雨中回到他的住處。

G賃居於金山南路的巷子公寓。我睡其中一間，G和學長各睡一間。一早天氣大好，落地窗外陽光明亮。浴室裡有人，是那學長，G也在裡面說話。廚房邊另有一間浴室，我匆匆梳洗，留下紙條開門，這才瞧見客廳牆上幾個歪斜的大字：時間是沒有堤岸的河流。我要是房東我會氣死。

我把G的回答告訴S。

「沒關係的，我知道他會這樣說。」S很冷靜。

臨到選舉日，校園各式文宣滿天飛。G他們的刊物首頁，住處客廳的照片占去半個版面，牆上的字清晰張揚。總圖刊物架四周，一地鞋印踩在那照片上。之後連他參加野百合學運，頭綁布條的絕食照片都用上了。K黨後來丟出一張傳單，把參選人的學業分數列一個表，女孩一枝獨秀。選會長選到亮出課堂成績，不少人看了竊笑。

選舉揭曉，改革派雙雙落敗，G的種種任性成了眾矢之的。我不只一次聽聞，競選夥伴為G安排的拜票活動，他要嘛直接回話：我不想去，要嘛搞失蹤，幹部們氣得跳腳，行程只好作罷。

G和W兩人後來都退了學。G有次出沒在校外地下道，遠遠見到他人影便閃開，連話都說不上。看來是不想往來了，他又醉醺醺來宿舍找。是個週末下午，他狂敲門板，室友站出來走廊上罵了他：不就是一個會長沒選上，你這樣鬧，以為別人看不出來？

那夜回到宿舍，隔壁寢室說起下午的鬧劇。「你室友飆了好長一串，還好你不在。」室友向我解釋，G那樣敲門也太無禮，「他把自己弄成那樣，然後跑去找朋友：『你看吧。』這到底是演哪齣啊。」

然後，再也沒有見過G。

*

G死於數年前的某個冬夜，我是在紀錄片的報導上得知消息。似乎是拍攝時G喝醉了，導演只好中斷，再回返現場，G睡了，遂拍下他的睡容，而其時G已死去。片子我一直沒看。G還是那個背著帆布包來到宿舍，走廊間蹦蹦跳跳，談起電影眉目飛動的大學生啊。

這部以他為傳主的片子好像得了獎。每每有誰認真寫了篇評論或報導，G的人生便被談論一次。荒謬、孤獨、矛盾、惋惜，過去種種，又靜靜從記憶深處劃過。

報導說，片子談及G對自身性向的拒斥，是他無法跟自己和解的主因，遂一再躲藏掩飾，終至他也搞不清楚，自己是誰。

我想到很久以前，S跟我說的，G壞掉了。只是他藏得極好。他的聰明使他藏到身邊的人無從發覺，他的那些亂己亂人的心思狂潮。頂多是他再也壓不住、爆裂而出，旁人驚詫於「怎麼了怎麼了」的瞬間，他又迅速抹去眼淚，撐起嘴角的笑意，沒事沒事。

一直以為G活得任性張狂，像溢出了堤岸漫流的無邊的水，而今想來，也許他想要那樣地活，奈何人間於他，處處是障礙，處處是網羅。

G，所有人都知道你是啊，就只有你自己不願知道。這中間一定有人跟你說過重話吧，你非常非常在乎的人。你這樣的人，聽不了重話的。

S早已嫁做人婦，G的事，也只有說到他的那些夥伴，如今一個一個成了學者、立委、市長、部長，才偶爾談及。遂不免假想如果G還在，他也會是他們其中的一個？還是他尋到了滿意的題材，執起導演筒，拍出了「自己的第一名」？或者，他也跟上了網路世代，在速食店、校園、遊行的大街上，手機滑著滑著，在這樓窗外的三百公尺、三公里，三百公里外，你，你，還有你，原來你們都在這裡。沒事的，縱然這個離開了，會有更懂你的下一個，他們也跟你一樣，在透著微光的暗夜裡努力生活，等待可能。

縱然時間沒有堤岸，尋覓也是，但因為有個「可能」在對岸，泅著划著，也許就觸摸到了，讓你擦乾眼淚，迎上前去的春天。

中庭之樹

W說，如果此刻你看見了一顆星的死亡，想知道那發生在多久之前，你得先計算它與我們之間，動輒上千上萬光年的距離。在我指尖盡頭的那一丁點星光，早在我們的文明開始之前，它已經是個巨大的黯淡的殘骸。

「所以，我們花了那麼多時間記誦的，稅制、河道的變遷、種族傾軋與一個王朝的興衰這些，放在這道宇宙生滅的論題之前，它們的意義是什麼？」

大家都累了。撐了一個禮拜的期末考試，五六個同學約在長興街麵攤吃完消夜，有人說：走吧去頂樓。大夥兒爬上男一舍樓頂的水塔平台。W說這些時，不勝酒力的同學蜷著身子睡去。一九八八年的仲夏，暑假來臨的前一夜。

水塔很高，與陽台之間一道垂直鐵梯，沒睡的同學不時張望四周，怕誰一個翻身跌落。右手邊蟾蜍山高低不一的墓碑起伏錯落，左手下方的高架橋車聲呼呼奔嘯，一幢一幢高樓聳立在不遠的市區那頭。這四五坪大小的水塔平面像宮闕平台，四望遼闊，水塔鐵蓋下方冒出咕隆吞嚥的水聲。深透的天色星星退得更遠，是台北少見的夜晴。

W不是我會主動親近的那種朋友。我那時讀中文系，W早一年入數學系，休學重考念歷史。整天有課的同學習慣在文學院閱覽室留一個位置，課暇過來讀書，或坐在中庭的階梯聊天。W書讀得又快又多，你前一天跟他推薦的，隔天遇見，他讀完了，又跟你介紹還有誰的論點，這幾個你放在一起，看的問題會很不一樣。

文學院的閱覽室把中庭分出兩個院子。東院一株鬚根垂搖的老榕，氣氛靜謐，宜於沉思，同學們在樹色的暗影裡預測期中考題，屢臆屢不中。西院一株圓葉點點的黃檀，與演講廳大門相望。

彼時讀文學院的略有三款，一是懵懂派，於人文領域說不上愛，多半抱著既然讀了，上面餵我們就吃。二是頗能於各家學說優游吸收的「公子派」，出身中上，稻粱毋憂，於「所學」、「所好」之間，密合無違。若要細分讀書態度，有的頗殷勤練功，談起學問顧盼自雄，也有偏於佛系的逍遙自樂。第三款較難以描摹，比起前兩者，他們更孜孜矻矻，卻也生出更多的懷疑與疏離（想想他們所追攀鑽研的歷代前賢、改造時代的浪潮之子，多的是這樣的精神質素吧）：於結構的上層底層，人性的光明幽暗，社會的公義與剝削，他們思索得更多，更嚴厲逼視也更自我鞭笞。這一派目光銳利，言詞激切，於他人眼中，自然不好親近。

W是醫生之子，一度我以為他屬第二派。W長期失眠，這與他勤於閱讀之何者為因，何者為果，怕是難論。那時我們都羨慕睡少的人。我念研究所時，歷史系有教授膺選中研院院士，某老師講起他家的陽台與院士的書房相望，就寢前見對方窗口熒然，遂起身夜讀，如此經年累月地砥礪。

W大二當了系學會會長，一連串的聯誼、宣傳他悉數取消，旁人問疑也只是淡淡地：「這些活動跟歷史系不相干吧。」

有回他開車來學校，說等等偕同學出遊，後座還可擠一個，「要跟嗎？」W說：「你只有一個選擇。」

車子一路往北，繞過大屯山來到淡水這面，山路邊柑橘垂實累累，前座兩個男生辯論圍籬外的果實在法律上的歸屬問題，W的女友和我聊起前陣子劉文正返台，電視鏡頭掃到觀眾哭成一片，「我媽我姊跟著哭，蔣經國走了也沒這樣。」W的女友說。

隔年秋天我轉入哲學系。彼時的我於所學碰了壁，遂天真地想找一口新的爐灶，或許一切便有了變異。之前問了幾個轉入哲學的，除了像我這樣茫茫無歸，另有兩種心態，一是驀然回首，尋到真愛的不悔：不惜放棄電機、醫學這類頂戴家族榮光的科系而鬧起家庭革命。另一種是逃難，逃離反覆再三的實驗、程式設計、專題報告，哲學系某種無為無求的氣氛恰恰有了喘息的空間，使他們尚有餘暇傾注於鍾愛的外務：歌仔戲、樂團、社會運動、登山種種。這一類於本科的學業雖不甚了了，然為了守護所愛的這一心念，日後在各行業大放異彩的，大有人在。

而哲學系本身也盛行「出走」，最多的是轉念法律。某同學說，光是把律師晤談的一個小時，跟家教陪讀的一個小時放在秤盤兩端，「這樣的報酬對比，夠清楚了吧。」

另一個常見的說法是：「愛那可立即實現的正義感。」教室裡的道德哲學愈辯愈虛，不如法庭上的幾場攻防便「有效」地解決了人們的困窘，財產、可能的自由，念茲在茲的公理云云。而這抱負日後置放於各地法院、事務所，當初期待的那些「正義」的模樣長得如何，怕是各人有各人的體會了。

我後來才知W也轉來哲學系。這時期的他熱衷於學生運動，不常來上課，一次在真理堂後門的自助餐店遇見，身邊同學一面盛湯，一面估算晚上的公園廣場擺幾張椅凳，傳單、茶水，群眾動線的安排等細節。幾個人後來走去新生南路的臺一，有兩碗紅豆冰忘了加煉乳，也不知執著什麼論題，氣氛有些緊繃，無人過去櫃檯。

「改革是什麼呢？」我說：「現在的我需要煉乳。」

事後回想，那真是格格不入的一刻。在那眾人一同陷入某個嚴肅思索的厚重時刻，居然有人亂入。W倒笑了，起身招呼櫃檯。

不久W宣布參選學生會會長。改革派的另一陣營已推出G，W的決定頗有人不以為然。最終改革派因分裂而落敗。有耳語說，W的外省背景怎會來這邊呢？這明擺著把學生會拱手讓人。這樣的謠傳，久久不見蹤影的W不知有否聽見。

再聽到W的消息，他已經入伍。寫來系上的信長長幾頁，幾個同學坐在中庭傳閱。W寫到那個衛生不良的新訓中心，上百個士兵的臉盆擠在一口混濁的水泥浴池邊，大家輪流感冒。「怎麼就不念了？」某同學說，他可是比我們適合待在這學院，讀書、做研究都好啊，把自己弄到退學，這決定也太決絕。

W和我的最後一次見面，又是幾年之後的歲末。頭髮略長的W，踩著中庭的落葉走來，「你怎麼還在這裡？」彼此有些驚詫。我那時念研究所而W說他在跑單幫，細節我沒多問。

「再看看吧，或許會回來念書。」W說。

「是要把每個系都念過一回？」

「沒那麼誇張，就找個實際一點的科系吧。」

再看見W的消息，是報紙的社論版。W成了投書客，發表的意見五花八門，文末的署名：「挺扁名律師」，不知是報社還是他的意思。W也跑去念法律了呀。

彼時總統府大失民望的傳聞四起，同黨的支持者或發難質疑，或選擇噤聲，W那「挺扁」的稱謂顯得刻意而牽強。有同學說，這麼執拗的W似乎不是他認識的那個W了；也有人說，他該不會這樣來昭告，他的立場自年輕那時就沒變過，即便他後來用力辯護的那個，都搖搖欲墜了。

這樣的猜測，隨著某年冬夜W的沉溪而成了謎。告別式後同學攜來一張紀念光碟，說是憂鬱症。

我想起某次課堂老師說起屈原投江這事。「他一定有潔癖，」不容一點髒汙沾身。人家個性剛烈的，若選擇墜樓，下去就沒了。投江者在浮沉之間，只要多了一個想活的念頭進來，脖子抬高一點，看在旁人眼裡，就是泡在水裡洗浴罷了。看來沉江人的傷心是，再多的委屈也要一併沉入最深的黑暗之中，懶得再與世間爭辯了。

那次上完課，有同學在中庭論起了各種死亡與靈魂之間的隱喻。如今想來，這些論題有點輕易了。

W走向溪邊，最終沒有抬起頭。當年滿天星斗落在我們頭頂的那個夏夜，人間再盛大的輝煌衰敗，喜悅憂懷，於星星們的眼中，都是水上的浮沫微塵吧。

W若想及他曾經說過的這些，是否願意抬高一下脖子，打個冷顫，遠方溪畔夜釣的人看見的，也許是一條中宵獨立的孑然身影。這又是個難解的謎。

阿綠的房間

1

客廳不大，卻有兩扇大大的窗。午夜急雨穿過檸檬樹，送來窗框潮濕的腐氣。巷子外的機車噗噗遠走，地板有窗玻璃篩下的樹影。從白日的記憶我隱約辨認，右手前方一只木製矮几，過來一張藤椅、一座方形電扇，再過來是飯桌。

所有的黑並非暗不可見。我起身挪進移出，不至於碰歪空間的物事。

牆上原先掛有兩幅山水，以極濃的墨色浸透畫紙，逼出極限的黑，僅餘的空白再驅遣筆墨，在濃淡相間的隙縫，裂出陰陽消長的世間擬態。這邊蘆花窸窣，崖岸蒼茫；那邊黑白對峙，山水踟躕。餘下的一線空隙近乎是，一道無聲的懸崖了。

我第一次見到那畫，整個人幾乎貼了上去。接近目盲的墨色深處亮出微塵的光，是我凝視這畫作的眼。兩面牆推出的大塊山水，誰在那跟前都是小小一隻。看近，看遠。看完左邊，又看右邊。墨色挾帶的雲氣，奔竄淋漓在谿壑間。怪了，這一片的黑哪裡來的千山萬徑。

畫作掛在阿綠的客廳。大學提供的教師宿舍，兩房一廳，貓姊和老師阿綠情同姊妹，幾次我上陽明山，直接和貓姊約阿綠家。玄關紗門一推，兩幅山水朝你奔來。它們在這裡很久了。

是阿綠先生的畫作。畫家小阿綠六七歲，阿綠嚴謹，畫家跳盪，南轅北轍的兩人走向婚姻的這段傳聞，來到這客廳前，我已聽聞。

畫家很瘦。這麼小的軀身，濡濕的墨筆幾個來回，驅趕一個一個前所未見的世界入他的畫紙。我們憑窗瀏覽桌上的長卷，看他筆下的幻術，如何星沉海底，怎麼天河沉默。

我正好在讀唐詩，說起這些不像山水的山水，歲暮陰陽的晚景生成這般，一幅一幅都是「宇宙視景」。

畫家很高興，卻說：「你研究所念到第幾年了？就學這個？」問起我的姓名。

我的「經」是四書五經的「經」，寶蓋宏。

「什麼，」畫家問：「你四十五斤？」

「月經的經啦。」大約被我的臭臉懾住，畫家縮地一笑：「真凶。這樣不是比較好懂。」

阿綠收拾飯桌，說畫家被喊「大師」久了，就寵壞了。雖然嘴裡厭煩這類的諛詞。現在一個不來這套，他倒覺得新鮮。

電話鈴響，阿綠的老師打來。之前我遠遠見過一次，身形瘦削，長到腰際的披肩。我讀的志文版《包法利夫人》出自她的譯筆，私下喊她「包夫人」。

畫家畢恭畢敬，請阿綠來聽。這人任性歸任性，規矩還是有的。

那夜離開，「太不可解了，」我坐在貓姊機車的後座：「那畫竟出自那人的筆。下回我得再來瞧它一瞧。」

機車是朋友借的，ＮＳＲ碟煞，瘦腰高臀，側面軀身像匹戰馬，換檔輕輕一吁，一條一條山路勾拋身後，雙蹄若飛，高速引擎聲內斂。這車若拔掉消音器，那是掉了氣質。

我們沒往山下去。霧靄漫飛，拂面盡是霜氣，薄薄地笞割肌膚，清醒的刺痛，牽引車子行在茫茫的天地。谿谷吞沒春雷，閃電奔過的岩壁下方，山櫻吐豔。

車子遊晃到山的另一側，路燈沒了。停留在一片黑暗之中。車燈壞了，兩人竟然不覺。

這是哪裡呢？

2

我在巷口遇見ＮＳＲ。貓姊載包法利夫人下山，機車後座的湖水綠披肩漾在肩上，側坐的身姿妖嬈，一雙枯瘦的手繞過貓姊腰身，輕輕搭住油箱：「我們下山了。」

包夫人在跟我說話。孤居的她外出，偶搭貓姊的坐騎。下坡的ＮＳＲ一個轉彎消失在樹林彼端。

包夫人上課很硬，給分的情理難測，整個班當掉一半，同學們的怨恨來到阿綠飯桌邊，群起數落：「文學史教的是文法；小說選讀，教的還是文法。」

貓姊頗受包夫人寵愛，眾人推她進言。到了包夫人跟前，貓姊說：「以老師那麼精湛的法國文學素養，上課只教文法太可惜了。」

「佞臣。」桌邊一片罵聲。

和畫家小熟之後，遂拿他畫裡的雲墨開起玩笑：「搞這麼黑，怎麼不跟筆墨莊訂製染好的墨紙，省卻多少刷掃。」

「說什麼瘋話。你知道拿出一張的後壁，用了幾刀？」想想那墨一旦落紙，推波漫衍，冷澀凝絕或汩汩滔滔，所行所止不在他的筆端。只能交出去。餘下的他在另一處崖岸等著。

畫家很小就因為秀異的天分，破格進出女校，隨老師習藝。在當年的中南部鄉下，不啻一則傳奇。有次被戶外課的班級瞧見一個小男生，眾女生雀躍指點，嚇得他躲進警衛室。

「沒見過那麼多女人，嚇死了。」說著羞紅了臉，雙手在頰上摳摳摸摸，「你看，」指甲根處蒼白的月牙，沾了墨色斑點，兩指使力一掐，指框漸次泛白：「這跟我的山水多像。」

後來的幾次上山，總來到他的畫跟前。再怎麼嘮叨碎念，一入他的山水之中，彼此遠遠地兩不相礙。

某日午後，畫家縮在藤椅上小盹，一件薄毯鋪在身上，身形只比貓大些。說起書畫，總有那麼一絲無所謂。褒貶同行，一翻兩瞪眼，不跟你囉嗦。不過長我十來歲，卻滿滿的師尊口吻。說藝術家就該目空一切，可說到自己的老師，又盲目得不辨是非。

這種人也不是第一次遇見，阿綠和我偶爾交換眼色，沉著氣聽。有時愛聽不聽，他也不以為意。也就是個為畫而生的人，有他可敬的傲氣與純真。

但有次，我們走進巷口，貓姊忘了買菸，要我先過去。紗門外的我望著門內一地碎碗，進也不是，退也不是。

誰？畫家問。

我。四十五斤。

畫家喚阿綠：「四十五斤來了。」回頭招呼我，喝茶喝茶，滿滿的笑紋，呵呵像個孩童。這，阿綠還在清掃碎碗呢。

「那裡怎麼打啊？客廳那麼窄，畫桌那麼大，還有，」後來和貓姊聊起這事，

「他那麼小一隻。」

「捧鍋捧碗，這算什麼。只是，」貓姊說，這樣的事，能再有幾次？

3

再見到阿綠，整個人瘦了一圈，像是從生活的死灰裡爬出。兩人離了婚，畫家搬走，窗下幾口歪斜的紙箱。斑駁的牆面，電線爬過淺淺的青苔，房間都亂著，卻透著塵埃落定的氣息。

有段時間，我睡在阿綠的隔壁寢室。早上她抽菸備課，山上的地板冰涼。一早我們縮著腳，各在飯桌的兩端，聊到中午。桌邊留有當年的畫冊，序是她寫的。「他的畫，溫暖豐盈了我們的小屋。」這，約莫是當年她為他傾心而留下的「呈堂證供」了。

說起這裡發生的，當時的勃谿怎麼來的，有太多的不可理喻了。「我自己也不清楚。我真的在現場？」指著櫥櫃的裂痕，「這裡，還有那裡，是在幹什麼呢我們。」

「有天醒來，站在杯盤碎成一地的客廳，想想跟這個人，倒不全然是他的才華。總不能靠著幾分崇拜，就送上一生。」許多時候，見男人離開畫桌一整個枯槁，能為這人煮上一碗熱湯，也是好的。

「哪裡知道，走到盡頭了。」阿綠輕輕攤手。

換做是我，我說：情況再受不了，也只會讓它放著，然後成為一個讓自己討厭的傢伙。

那是不同的能耐啊。阿綠說：「就是被那樣的自己嚇到了，才想要逃。」一次一次耗到後來，人累了，也就醒了。

算了，既然妳有我沒有的，要我去設想另一個狀態，也是白想。

有些則當成笑話來說。例如朋友提供了間工作室，畫家到陽台用了洗衣機，弄出一整個客廳皂沫，畫家叫來一車衛生紙，一落一落拆封，投入那氾濫的泡沫之中。

叫來一車衛生紙？哪是常人會有的本事。客廳滿滿的泡沫衛生紙？這是裝置藝術吧。怎麼想，都是個奇才。

「好了不說這些，」阿綠收藏的錄音帶，有卷卡繆的《異鄉人》，是作者自誦，阿綠一旁為我法譯中。好妙，那個聲音的主人，對於自身之外發生了什麼，都遠遠觀著。讓我跟著讀卡繆時，起了微妙的帶領作用。也許是那個世代的那個心靈，浸淫思索於物自身與自身之外久了，遂於文字的剝拆敘述，便有了這番的呈現吧。

「你說的是卡繆，還是莫梭？」

4

一個月後，阿綠負笈法國，宿舍交由貓姊看顧。某夜貓姊載我去木柵，約莫是慶賀友人的資格考過關，七八坪的客廳來了十多人。人多的聚會常常這樣，三個四個各自一個小圈，這一桌海德格，那桌牟宗三。貓姊來這桌喝，去那桌喝，不知怎地說起阿綠。

「艱難，」目光搖晃酒杯，食指橫空一畫，「艱難。」

眾人莫名所以。貓姊卡到了什麼地又一聲：「艱難。」這句子柵欄一般，醉酒的貓姊好不容易跳了過去——

啊那些我們曾經搗在心口，念著守著的，小小的火苗，怎麼在柴米日常的飄搖到後來，又成了一場幸福的幻影？

朋友的臉上約莫是說：這女人在說什麼。不給酒了。後來算是半醒，貓姊給了眼色，我們趁亂逃出。

門外的巷口有間鋪滿美華雜誌的便利商店。當班的夜校生那陣子迷張學友〈吻別〉，一整個晚上胡琴之後，前塵往事成雲煙。

貓姊上前：「底迪，一齣悲劇正上演。你懂？你永遠不要懂。不然，」跟上歌詞：「你就等著迎接傷悲。」

「蛤，就這樣？」底迪眼底不住地笑。

「走，」我拉住貓姊：「這裡不是升堂說法的地方。」

細雨揉碎地上的燈色，我們往店門外的河堤走去。遠方山裡各種明滅的光。那邊好天氣呢。

連夜趕回陽明山的路上，冷風片片劈入領口，這下總算清明了。大學校園的平台下方，整個關渡殘燈雲湧，是把後山才有的風景拉到前台，每天都會有的日出。

山上的清晨來得比山下快。山下的每盞路燈還擁有一點蒼茫，再亮個片刻，城市的早晨隨清掃街道的水車到來。瞧那彎彎曲曲的中山北路，夜遊未盡興的車子正要上山。

啊早晨。它在每個人的心中走出自己的樣子。天將明，是早晨。雞啼與機車噗噗闖過的巷子，是早晨，日上三竿，是早晨。每一片樹葉亮出一層油，葉尖滴下足夠的陽光，床板睡到酥了，才有了起床的元氣。才算是早晨到來。有人的早晨可以跑半座山，打一回坐，又寫完了今天預定的字數。有的人只是長長的一段，與這個世界無關的睡眠。然後，像台久未開啟的電腦，重新與世界連結。訊息不多，但是你要的，就在那裡。

「是不是我一喝多，就會認真表示對某件事的看法？」

又不是第一次。我說：「這樣比較健康吧。我等等要睡了。你看山那邊玉體橫陳的觀音，流著鼻水呢。」

阿綠的故事（續）

再見到阿綠已是十年之後。SARS風波方熄，滿城驚惶猶在，朋友從日本訂購整箱青梅精，說是抗疫聖品，亡羊已佚，補牢未晚。也不知效驗如何，眾人各領一瓶。有人說瘟疫與時運皆非常人所能測見，要補的怕不只一窟，無事何妨誦經，有事持咒。那陣子貝諾法王攜了若干弟子來台，有個密教朋友提議起個小法會（基本上就喇嘛誦經，其他人跪聽的讀書會），地點選在我家隔壁。

為了多幾個與會「眾生」，我敲了台北的貓姊。貓姊真坐了復興號到豐原，搭半小時的公車到鄉公所，冒著大雨走了一個鐘頭。也許是這樣的盛情，喇嘛唱得特別起勁，滿屋子嗡嗡吽吽。

雨愈下愈大，後半場的煙供稀稀落落。當中有個仁波切，黝黑的臉龐幾處綠色黴斑，面頰透出青銅器的光，我疑心是修法的作用，看了半天。「是黴，」仁波切說，台灣太潮濕了，臉上就生了這東西，醫生有給藥了。如果是尼泊爾，得四處找草藥搗爛抹整張臉，像個鬼似地，「台灣的女生好像會這樣抹。」

「那個叫護膚。跟你的不太一樣。」

說起台灣的便利，軟膏、牙膏、沙拉醬、膠水，許多東西一捏就有了。水龍頭也是。仁波切拇指食指一撥，可愛極了，眼神好像第一次見到此物的新鮮。人家說的惜物惜福，就是這個表情吧。

阿綠回國了。貓姊臨去前說，下禮拜車子修好，載她南下遊玩。兩人來住的那晚，往東半里路不見燈光，星星都很聽話，遠遠守著天邊發亮。阿綠說，「怎麼你家的外面是個圓形。」也許是法會的餘波，眾生各安其位，莫敢造次。

阿綠後來嫁給法國人，身體出了狀況，在法國洗了幾年的腎，身形更顯清瘦。說起法國的夫妻有時會參加夫妻們的「聚會」，他們普遍認為「人」就是那麼回事，「男女」之事大家講白了，也就減省許多的爭吵與欺騙。有的夫妻從很遠的地方趕來，才去了一個不怎麼樣的聚會。阿綠因為身體因素只在客廳看書喝茶，樓上的事一概不管。

「如果樓上也下來一個，聊著聊著就對上了？」我說：「不需上樓，不用關門的那種。」

「這就是重點。」阿綠說，她還真的跟一個歲數頗大的聊上了。「有些情況就是那樣，是好是壞難說。搞不好下次去，又遇見了。」問我聽這些會很驚訝？

「還好。」我知道的法國都是從電影看來。然後聊起侯麥《秋天的故事》：女兒希望前男友能跟現任男友的媽媽在一起，因為她很喜歡現任男友的媽媽，希望幫她找到幸福，而且女孩覺得，若前男友有了安定的對象，就不會再來糾纏。這前男友是女孩的高中老師呢。

這真的很法國。阿綠說，侯麥那拍法真是好好先生的溫柔。

幫這媽媽找男友是《秋天的故事》裡的重要橋段。這媽媽有個閨密想扮紅娘，擅自登報代她徵友。豈知見面，紅娘和那前來的男人聊上了，第三次約見才跟對方說，不不，你不應該喜歡我。我有老公了。我是代我朋友來應徵的。

這搞什麼？男人說。

紅娘說：就當作是件好玩的事囉。

這片子幾個朋友看了，覺得約莫仍在「發乎情止乎禮」的範圍，不至於生厭。不買單的認為，紅娘一開始沒跟約會的男人講清楚，對方的好感發芽了，才跟那人交代原委，小小地玩弄了人家。「有些結了婚的，就愛這種感覺。」

也只能這樣了。不然婚姻那麼漫長，人去人來，為誰傾了心，祕密與際遇，誰又能說得明白呢？

侯麥的電影有一種「鬆」。腳色之間起了作弄、誤解、欺瞞與爭執，彼此也可一起來到這「鬆」的空間，各自出點想法，說些看法，不讓情緒緊緊綁住、撕扯、撞擊。戲的好看常生於剪不斷理還亂的一團，而大家還能對這一團說上自己的話，且言之成理。《春天的故事》，兩邊女人飯桌上的角力，連康德的哲學都搬出來，小小的一場唇槍舌戰。

侯麥的電影後來幾個學生看了。「什麼『發乎情止乎禮』，那是你們那一代的腐詞。」

《秋天的故事》登報徵友這種事，在我年輕的時候，常常是幾個春去秋來的魚雁往返，終於，本尊現身一睹廬山面目，到了這些年，手機訊聊或約見悉聽尊便，而且速戰速決，能聊的加入好友，不OK立馬封鎖、刪除。

學生Su有段時間去法國遊玩，開視訊讓我觀看他下榻的青年旅店，只須吞兩口水的時間，他的室友是黑是白，大家同在一框哈囉，懷疑Su根本住我家巷口，等等叫他幫買瓶純喫茶。

疫情時代，夢想一整個月在家的日子，可以沒日沒夜訊上百個網友，卻不想了。Su說，會在網上走遊魂的就那些，不知誕自哪個山谷的幽蘭聊著聊著憑空消失的，也能裝個幾箱了。說到這些，居家一個月的收穫是，賃居的小公寓藏了多少未開封的東西，這下有了時間清清帳本：保健食品。書。DVD。精油。自己買的人家送的。上網又買了一堆。整理冰箱，清洗濾網，排列沖洗年代的相片，觀看對面的窗戶也讓對面觀看。覺得世界是一框一框，一格一格，明信片是，郵票也是。

「老師你等著，」Su說，他找出各地攜回來的明信片，重新練寫字。一字一字寫給遠方的朋友。

北橫的那個女孩

教堂後門的酒吧下午三點開門。陽光斜照的窗子，一個人坐得安穩。好幾桌一個人，也是各安其位。若有天眼色對了而聊上，也是鬆鬆地：咦上禮拜怎麼沒看到你？縱然覺得被伺探了，都是淡淡的。像把手邊的書遞過去，想看你就看吧。在溫暖的酒吧。

有個長捲髮的女孩常常黃昏就到了，背著鼓鼓的包包，從桃園的深山某處來到新生南路這邊。是個小學老師。她說，從校門口到這酒吧要五個小時。學校從龍潭或從關西進去，所費的時間差不多。

她幾乎每個週末都來。說上話之前，我們「相」了彼此一段時間。各自有各自的朋友，小聲地和自己人說話，在喝開之前。

我不是能喝的人，朋友倒是一個比一個能飲，待我也甚親善，遂容我這「愛哭愛跟路」的側身。酒這東西似乎這樣：當它尋到宿主，人與人尋覓的雷達一一敞開，漸漸觸到熟悉的頻率：工作上攜來的挫敗，意欲何為的混亂，皆煥發一種迷離的小屋的光。有人眼前一座山，有人目光一片海。有的沾黏，有的揀選。躊躇，盤算，勾搭。是陷阱，也可能是此生最該／不該上前的一步。

這是酒吧的迷人之處？相隔於兩造之間的，因酒力或音樂的催發而連結了。在同一片光暈，同一首歌之中。啊你也喝這個？好久沒見到你那個朋友了。你上次穿的那件V領毛衣好看呢。愜意隨興，廢話連篇，無人恨謬誤。有時隔了兩桌的那人，還有那人湊近：你們說的晚間新聞裡的那個，就住那巷口便利商店的樓上；十幾年前去過東京的那家酒吧，老闆跑去寫小說了。

對於酒喝到正確的人來說，室內的某處似乎明亮起來，那使得走在教堂前高抬下巴的匆匆行色皆脫略其孤傲的甲殼，而給出了更多的細瑣祕史。我不只一次覷見，進來暗著目光，離開時心頭擎著小火把，推門往長巷走遠的身影。老練的則丟些奇聞異譚，若你想探他，他便敏巧地撥開，或丟出沾了知識趣味的見聞，縱然上下文無關，也是自成段落。這也是他愛來的原因之一：大家都喜歡博學、善於言說且自制的人。自制的人總是神祕，他們也愛自己的這份神祕。然跟他只能是攀談，說不上交談。一如他想問你什麼，往往也用了攀談的姿態。如此禮尚往來。

倒是有次和貓姊張望門外，一條枯瘦的老邁形軀從巷子底搖晃而近，貓姊奔出，請老人留步。老人倚窗而坐，沒幾分鐘貓姊從金石堂搜來一冊詩集，老人要了貓姊的地址，數日後以小楷題耑署名奉寄，牛皮紙郵包筆畫一絲不苟。這傳家寶了。幾個知道這事的笑貓姊，倚門賣笑都能與詩人勾搭。那個北橫女孩也在旁邊，聽著聽著和我移到角落，繼續閒話。

「我以為你是不好說上話的人。」女孩說。

怎麼妳想的和我一樣。

在室內吞雲吐霧的年代，來了個呼吸明朗的人，那是幾近靈魂嗅覺的探觸。

那人也有他的心事，像隻貓靜靜舔舐門外弄髒的鬚毛，不便他人打擾，彼此的蝸角碰觸，又循著自身的軌跡，耳朵靠著音符，一句一句聽著，如此一片一片崩解了密不透風的長夜。

說是女孩，其實大我五六歲，三十出頭吧。猜三十是從交談的碎語中拼湊，重考一年大學延畢兩次這邊三年那邊也三年。不是那種可以問：妳幾年次的女孩。也許山間雲氣吸足了，眉目額間猶有夢幻，感覺四下無人時，可以離地三吋行走。然說起攀百岳，行李一扛十幾公斤，在溪澗山徑間穿梭，也能跟一票男人聊露營裝備，煤油爐，麵條，罐頭，拉丁語感的植物學名，登山攀岩的雜誌、小說。

有扎實知識和修辭技術的男人，猶如膚質姣好、善於妝容的女子，在酒吧容易牽引耳目。他們聊起登山，眼神虎虎生風，也交流些旁門知識，蠻牛搭哪種飲料效用十足。「蠻牛？不是打麻將的人喝的？」遠處拋來一個聲音嗔問。男人們互遞一個眼神，繼續大自然於他們的各種啟迪，壯闊遊歷。

妳怎會去到那邊上班？如果喜歡登山？有次我問了女孩這個問題。

我想問的是：妳「其實」不必去那邊上班吧。如果妳每個禮拜來這裡。我忖度她每週奔回台北，不就週六傍晚到這邊待了半天，家裡沾一下醬油，又奔回山上。那時北二高已經開通，公館去到新竹一個鐘頭，那是竹科人的時間。

許多「其實」的背後，有著更多的「其實」。

她後來倒說了一些。「為了守護我的小宇宙。」雙頰酡紅，目中星芒閃爍。「小宇宙」是個新鮮詞，循這個詞我聽了幾回她說的山野聖境，冒煙的樹藤垂掛的野溪，累累巨石交疊圈圍的一泓清泉，蒼翠的枝葉掩映之下，單人的華清池。

若干年後，我在ＩＧ各路標示了地名的網紅照上看見，唔，這一干人等爭相跋涉、寬衣解帶的天體攝影棚，就是女孩所言的聖境啊。

女孩有次酒後說：我上山是為了守護，守護我自己。拱起十指比了一個球狀，目光定在那顆球的中心，彷彿她說的那個自己，就住在那裡。

說起人生大夢，女人真不是男人的對手，尤其酒入喉腸之後。這裡有更多善於言說的男人。人數比政客少，比小說家多些。女人講的大夢頂多就孵個朦朧的情境，不顧起承轉合。

有個哲學系同學，眼珠子顏色與我們大不相同，聽說有一半希臘的血統。話少但精確，他說：吃嗎？就是找人蹭飯；到某教授家，趁教授進房，他一聲「拿」，揣走一疊售價四五〇的學科用書，拿到教室分贈。「來，賣學分。」問：「要運動嗎？」便是上街遊行。他理性清明，不至於拍了誰桌或退學當兵的惜別會，須弄得眾人悲壯莫名，他靜靜的。所以後來他畢了業？這我也不能肯定。

藝術史研究所成立沒幾年，一塊臺靜農寫的兩尺半牌匾，擱在樓梯轉彎的雜物堆。他每每動念，端去家門邊一掛，多有氣質。有一晚說：去探望那牌匾吧。「這東西，在發光呢。」蹲在冷冷的長廊邊，半天拿不定主意。

後來他看上思亮館丟出來的實驗室窗簾，外層裹著銀箔色，他撿了兩塊拆開，「這拿來做風衣。」裡層的黑布給我，很重的硫磺味，「你看出什麼？」

「一隻鳥。」

「你自己洗，給你當畫布。」

有回他經過酒吧門口，女孩正好離開，「好乾淨，她在雲上面走。」難怪她只跟你說話，同學說。

那是我的榮幸了，「我對她沒有邪念。」

那之後我匆匆回鄉，一年難得兩回北上。偶爾接到貓姊從酒吧打來的，每吃掉一個硬幣就落個一拍的長途電話，欸，怎麼不上來呢？這邊來了幾個聊登山的，真是怪了，你來再跟你說。

後來又去到那酒吧。聽朋友說，有天夜裡北海岸借洗手間，便利商店外停了一輛眼熟的車，是那女孩，匆匆買了包菸。女孩明明看見，沒打上招呼。也許是車裡的男人先看見。在這裡聊得亂熟，換了一處便做不識。

「聽說分了呀。」

怎麼會？那個男的前天才來。

「這誰也說不準。」如果哪天遇到，別說我說過這事。

我和女孩後來在教堂前面遇見。在認出「是妳」之前，女孩對我笑了。我們靠著教堂的短牆。「我看起來和以前一樣吧，」女孩問。然後說起北海岸的那夜，那個男人。

原來有這樣一段啊，我都不知道。男人的世界很粗礪的，妳得多長幾層皮膚。如果你們角力過而又走進了歡悅的領地，那撲面而來的，常常無法等閒視之的。

好像說多了，伸長脖子靠過去，「我要是說錯了，我讓妳打。」

沒事了。女孩抱住我：「你也在當老師了？乖乖做個樣子啊，沒有很難的。」

一家店待久了總有你想遇見，或不想遇見的人。是閨密，或只能是空氣。在開門關門的瞬間你得決定「我只是來借個廁所」，或視對方如無物。後來在酒吧裡，一個酒氣甚怪的男人跟我聊起女孩。說她當初「找你聊天是因為，她覺得你是同類。你看看你，來這邊帶著佛珠，你看你多弱。」

或許吧。我說：她才會遇到你這種男人。

那夜什麼都不對，我有不好的預感：要翻船了。貓姊都喝癱了。看什麼都討厭。

男人不久滾了。貓姊說：「那傢伙跟你說過話的，你不記得了吧。」他以前可幽默著，調侃自己慣了，大家多喜歡他。現在他不這樣，就不認得了。

被妳這樣一說，所以他的那些都是作態了。

還說呢，那時你還一個勁兒稱讚他。

他我真的沒印象了。

「他本來就不是說給你聽的。」貓姊嘆：他追那女孩時，樣子多討人喜歡。

「好人家的男生怎會這樣去講一個女孩子？」

望著貓姊茫茫的目光，完了。這酒之為物，誰有輕忽之念，旁人一併跟著受罪。我在她的耳邊反覆念：給我撐著，拿出妳良家婦人的德行來。

貓姊怎麼也不肯搭車，拗著我翻過新生南路圍牆。我扶住她，仔細不碰上欄杆的尖刺，她一個輕巧翻落牆內的草地。倏忽迅如山倒，崩茫而下，酒精與其宿主的意志拚搏了千百回合而勝利的那個瞬間到來。這夜她得睡橄欖球場了。

「喂，」我拄著貓姊：「看一下那邊，教堂的燈還亮著。」

「那證明什麼？馬的，他家出得起電費——」說這話的貓癱在草地上睡去。

長安東路下雨了

我那寶貝室友除了家教、唱片行，又兼了一份夜間工作。他是個動作派，清晨旋開門紐時我就醒了。「猜猜看，」精神奕奕：「我在哪裡上班？」是長安東路巷裡的一家酒吧，說是招呼帶位，遞上酒杯冰桶，鋪桌收桌、清洗廁所。像覓到了天職，整夜沒睡的他給夜色滋潤得步履輕快，身影煥光。他小聲放起卡拉絲。

室友的男友回學校讀書後，生活雜費一概由他支應。聽說男友和前一個鬧翻，對方到家裡：「你兒子是同性戀。」母親問了幾次稍稍寬心：「沒欠人家錢就好。」兒子的床換一個人來睡，她沒當一回事。新的這個還知道去倒垃圾。

「你愛上的若是個和尚，」有次我虧他：「搞不好為他削髮出家。找你喝酒，還低眉合掌：『貧僧法號水月，以前的某某某已經死了。』」

「還是你懂。」

他一旦認了這人，便乖乖去人家屋裡打掃，為他張羅衣食，給他花用，完全可以獲頒「奉獻楷模」。之前的他床上病哼哼，午後歪著身子到走廊外的交誼廳看完湯蘭花《一代佳人》，回寢室把普契尼聽到天黑。他總算有個人的樣子。幫對方補習，送他讀專校，盼良人勤學上進。愛情是他的信仰，他的溫柔是這樣的強勢。他也愛這樣的自己，瀕臨過勞，卻煥發少有的明亮，先前的過敏症（他一過敏便整夜床動山搖猛打噴嚏）竟神奇地休了兵，他的戀愛於他的室友來說，未嘗不是好事。

有天他喜孜孜：「昨晚有一個香港的，」跟客戶吃完消夜過來，上台唱了阿B〈只要你過得比我好〉。天哪犯規，這歌太傷了，我說。室友說你懂你懂，那人遠遠遞來一個笑，唇邊兩顆小虎牙，十年前來台北讀過書。「晚上那僑生還會再來。」別間寢室的也聽說了，隔天跑來問起後續。

室友沒再提及這事。那地方任誰的「自報家門」都閃爍隱約：我做進出口貿易、搞行銷、吃人頭路、南部來的。旁人浮掠地聽聽就是，又不是查戶口，誰會坐實地問起他人的生辰身世，聊血型星座倒是有的。

「這裡約了沒來也常發生，想來自然會來。」有天室友又說起這人，我有一點懂了。他掙的這一分錢，滿足了供良人讀書的想望，每夜撩亂來去的衣香鬢影，也添了些浪漫的私情想像。這一思量，港仔不再出現，那是最好。

我們的寢室在頂樓，夏夜熱到半夜三點。總務處後來在床頭的小窗裝抽風扇，某夜窗邊傳來一陣劇痛，我的食指中指叉入裂開的扇片中。此後溽熱的暑夜，便去便利商店翻翻被拆封的雜誌。

來吧陪我聊天。室友說，你反正也睡不著，順便帶幾本好看的書。

他真的在那邊讀書。讀書是他的癖性。「唱片行站上一個下午，你每首新歌聽它十遍，」室友說：「再老的歌都變得好聽了。如果能看點書，那是更好。」他剛讀完整套光復書局的文學家讀本，迷上葉嘉瑩，要我送她的書過去。葉嘉瑩的李商隱王國維研究，他一篇一篇念，好一個勤工儉學的青年。

酒吧的地下室門邊有間ＤＪ室，我要去便不鎖，方便我摸進去。若經理問起，說是幫學長帶書來，其他的小弟知道是同事的朋友，雖然冷淡並不為難。這樣去了幾次，彼此有了問候，便從ＤＪ室大方出來，偶爾小小地穿梭走動。

酒吧有三個公關經理。這裡能唱的高手不少，戴眼鏡那個嗓音底下鋪著軟膩的毯子，開口就讓人站立不穩，酒客拱他唱歌，他會在旋律的頓點帶出斟酌的手勢，矜持但逗人，如一隻緩慢飛行，不知棲止於何處的候鳥。

你看得懂喔。經理問我喝不喝酒。

「你要小心。」室友私下告誡過，「像陳紹加玫瑰紅就不行，這有多慘，你醒來就知道。」

「我怎麼分得出來這加了什麼。」再說甲乙混搭的變異傳說，又有誰做了驗證？怎麼聽來像農民曆的食物相生相剋圖。

「那你就不要喝。」

另有一個鬍子經理，整夜在ㄇ字或L型沙發間穿梭，坐誰身邊就像這人的伴侶。店裡的常客三十到七十歲都有，不是年輕的青蘋果樂園，也許彼此都有了家室（誰知道），尋覓的目光淡些，交際的意思多些。說是交際，多半是兩邊的目色遞出笑意，就算是朋友了。想找人說話，得拿出自己的辦法，學著看人臉色，給人看臉色。這些從生活與生意上練出來的和氣拘謹，酒後微微漾出的熱情，羞怯帶些性感，什麼是無傷大雅，什麼是不拘小節，大致在分寸之中。

也有弄得滿地匡啷碎片的醉客，沒事沒事，經理過來安撫。歌繼續唱，舞繼續跳。夜永歌闌，耳邊盡是聽到爛熟的，愛情不過那麼回事的歌，仍然有人把全場都搜刮進他的聲音裡，「誰啊？」滿座停杯張望。流盪的音色像畫軸鋪展的夜宴圖卷，旋轉的水銀燈斑斕放光。

還有一個經理，穿著談吐像歌唱節目的主持人。有次過來說，上次那個水族館老闆，人家躊躇很久了，過去跟人家說話不難吧。不要當人家只是來消費。我想了一圈，弄不清那人是誰，歉聲了幾回。「不要理他。」室友知道了，「他下次會生出更多的糾纏，你看著好了。」

我以為說的是老闆，後來聽見室友與那經理的口角，「我專心工作，礙了你的眼？」兩人火氣都不小。想想他人鬥氣不干我事，有段時間便不再去。

在那邊遇過一些趣味的事。有對跟公婆同住的夫妻，小孩睡後一同過來。老公矮胖溫雅，洗手間門外遇見，一向側身先讓，比服務生更像服務生。他偏好年長的男人，來這邊只喝果汁。後來我跟那妻子聊開了，「妳不會無聊？」「還是有我愛聽的歌。」倒比老公自在。幾次來了老公上眼的，她靜靜坐在角落，端詳膩在半老男人身上的他。

「看不出來齁，我們家老大讀國中了。」

人妻那陣子迷梅艷芳〈親密愛人〉。她來的晚上，這歌常出現兩三次。前一桌唱過，下桌若點同一首，照樣唱得幸福洋溢。那幾桌的朋友邊盯著螢幕上的玫瑰與教堂，邊笑弄夫妻倆。

「都來這邊了，還帶水某出來。」朋友回頭招那人妻：「奶嘴呢？拿來。」

「別這樣，」笑得比誰都開心。

有次她掏出先生的皮夾。皮夾裡一張當年婚宴照片，人妻一身櫻桃紅，捲蓬的瀏海，與穿西裝的先生一同敬酒。好像亮出那個證據，幸福就在那裡。

「那個年代，大家都一副民歌手的樣子。」我說。

「沒錯，《恰似你的溫柔》。」人妻說，我們是那首歌出來的那一年結婚的。

人妻有回穿了一身蓮霧色的鯉魚裙，魚身在沙發間婀娜移動，「故意的，」朋友說：「你看你太太，穿這樣好浪費。」人夫呵呵地笑。有人說附近有適合人妻去的店。

「別把人家帶壞。阿弟仔，」另一個回頭喚我：「拿酒來。」

幾個人鬧開了，要人妻起身敬酒。水晶舞台燈照映裙上細細閃爍的金線，她真跑去別桌敬酒。其他不相熟的一一起立，滿室歡欣地喝開了。

那夜大家都很嗨，散場一片狼藉。「現在幾點？」人妻問我。

「這裡永遠凌晨三點。」

室友說他有得收了，不能載我回去，夫妻倆說要載我一程。三人搖搖晃晃走往高架橋下的停車場。

「阿弟，這個某真好。以後你若欲娶，娶這款的。」先生扶住老婆：「你做什麼攏無要緊。」

「下雨了？」老婆抬頭說，「上面打雷轟轟。」

「打雷？」先生說：「不是啦。是車子，妳今天喝很多。」

下雨了。橋的兩側簾幕一般的雨線傳來洞穴的回音，是我們的笑聲。

一九九〇。向前行

1

千尋總是在黃昏來電，她想找駱駝。駱駝住我斜對面寢室，「他很久沒出現。如果沒接，」我說：「打來這邊，他也不在。」

千尋半夜跑來男生宿舍，抱膝縮頸，蜷在大廳的長凳上。椅凳的兩側有飲水機，打赤膊的男生提著水壺，見那裡一個女生，三兩步轉回寢室。

「這個駱駝，」室友回來了，「還有你，幾點了你知道？」

千尋踏進我們寢室。其他室友很少回來，千尋有自己的床位，跟我們一起聽歌劇，看書，吃泡麵。

宿舍的床在書桌上方。室友弄完消夜，「碗筷你們收，」吞下一顆藥丸，「我上去了。晚安。」

底下的我們小聲聊天。幾分鐘後，「那時候的天神與凡人同在一處，斷壁殘垣的後方，有一條身影走來，是個被牧羊神嚇跑的小女孩……」

睡去的室友說話了，像台人體收音機。有睡眠障礙的他，安眠藥幫他撤去數羊的圍柵，他像走進了荒煙蔓草的斷垣古城，又像坐在泉流涓涓的溪澗邊，對遠方的來者說起他的一千零一夜。

「好想把學校的桌椅搬來這邊。」千尋說。

駱駝和千尋相識於五二〇農運。駱駝有段時間活躍於劇團，隨演出四處移動。某夜他醉醺醺回來，倚住走廊牆壁嘔出稠液，「不好了，」我奔回寢室，「駱駝在吐血。」

室友取出拖把水桶，往浴室走去，「那是膽汁。」

千尋和我們寢室熟了，有次穿制服來，胸前繡上國中學號。「妳認識駱駝時幾歲啊。」

駱駝是個小孩心性。我們在大禮堂看電影《希望與榮耀》，講二戰德軍轟炸的英國。劇中的小孩在家門外玩，抬頭望向天空：「這麼好的假日，怎麼會有戰爭呢？」駱駝後來說起這一幕，整個悲從中來。

「其實把他當朋友，」千尋淡淡地說：「就沒什麼了。」不像一開始那樣地膠著了。

室友向我推薦太宰治的《斜陽》。小說第一幕：和子的母親喝湯望向窗外的山櫻。

「太宰治也真會寫。」室友為之傾倒：「這種美，是一種氣質，氣質這事就不用說太多了。」

我是覺得還好。迷戀（文學／偶像／戀人）本就沒啥道理好講。教六朝文學那個鄉音濃重的老師，她討厭《紅樓夢》，愛《約翰・克利斯朵夫》，年輕時讀到傅雷的第一句譯筆：「江聲浩蕩，在屋外奔騰」就收服了她，狀況大概跟我室友一樣。所謂「各花入各眼」，又不是專題討論，硬要講，就是牽強。

若要說《斜陽》有趣之處，在於太宰治藉和子的弟弟講了些「真話」：「說穿了，那種正襟危坐的小說，滿腦子想弄出傑作的心思也太小家子氣。好的作品才不會這般裝模作樣呢。」實話實說，非常顧人怨。太宰治的可愛，在於他的「不可愛」吧。

「在說什麼啦你。」完全沒有共識。

千尋把《斜陽》帶回家看。書再回到宿舍，已過了借閱期限。

書頁被寫上好幾條鉛筆批註。我邊塗橡皮邊讀，那一批註解從和子的「母親站在花園裡尿尿，那樣的母親可愛極了」開始，把太宰治，和他塑造的這個母親數落一頓，筆跡龍飛鳳舞。

筆跡說：「最好他知道什麼是貴族。」任性和叛逆，都是情緒的產物，對於情感教育有害無益。然後用了許多哲學家的話，情感和情緒不在同一個層次。奧理略怎麼說，休謨怎麼說。寫了好幾行。

「妳媽怎麼這樣。」我差不多用掉半條橡皮擦，「學問也太好。她床頭擺了一部道德百科全書？」

「所以她只用鉛筆啊。」

2

某夜我回宿舍，室友說千尋來電。

打過去，她母親接的，「千尋死了。」冷冷的聲音。電話斷了。

這個女人。一個禮拜後，我收到南投來的信，是千尋。說母親押她到教會書院，交代老師們好好看管。她出不來了。

我遊覽過那個書院。站在操場四望，山巒環繞，肖楠林立，校園美麗安靜。若真要逃，背起水壺走著逛著就下山了。憑她本事，老師哪管得住她。

本想寫信鬧千尋，就當以前作惡多端，好好皈依基督，日後再見，好將我們這批惡人一併赦免。寫了一半，又覺得這樣鬧她無濟於事，便擱著。

兩天後清晨，有敲門聲。是同樓寢室的學弟小柚，一身老氣的西裝皮鞋。室友說，小柚有個面試在新竹，等等載他去車站。

晚上我回到寢室，「千尋等等會來，」室友說：「對不起我看了你桌上的信，打電話去南投，叫千尋把東西收好，小柚去接她時，記得大聲喊：舅舅。」

小柚之前來寢室，千尋正好也在。兩人說過話嗎？他居然就答應了。

「這是英雄救美？」

「這事問你也沒用，所以我找小柚。」室友臉一沉：「你放著她在南投，會出事的。」

千尋的小腿多了幾條鞭痕。住了一宿，小柚送她去他哥哥淡水的住處，算是避風頭。

「淡水好美啊。」千尋來了幾通電話，邀我去淡水。

「他們兩個……」我問室友。

「小柚的茶色西裝，跟華倫．比提《我倆沒有明天》穿的那件，簡直一模一樣。」室友一整個雀躍：「如果可以，我也想找個人到淡水看夕陽啊。」

後來的發展狗皮倒灶。千尋的母親很快追到，打來宿舍撂話：我動不了我女兒，我總有辦法。我們法院見。

室友接的電話。「怎麼辦？她媽控告我們誘拐未成年少女，我媽知道我會被打死。」

小柚從淡水回來，「她那麼小，我怎麼可能？不要嚇我。」

我們沒一個懂法律，打聽半天，請來一個教改社團的大老。

大老那幾年處理不少親子、校園霸凌的糾紛。兩造後來約在汀州路的茶店，大老對千尋那學富五車的母親說：「妳若提告，我叫妳女兒驗傷。」

這事終於擱下。「我媽那種人，丟不起這個臉。」千尋說。

然後，室友寫了封信告誡小柚，想想特洛伊怎麼陷落的。你若執迷，以後不用見面了。

什麼跟什麼，這傢伙。平白導了一齣鬧劇，大夥兒傻矇矇陪著演了下去，又跳出來指指點點。真是夠了。寢室我也不想回去了。

我拎了一袋衣物，往木柵投靠同學。拗了一個多月回到宿舍，駱駝出現了。

「發生什麼事？」駱駝問：「你室友罵我。」

「氣色不錯啊你。」我輕輕扭開門鎖。

「回來了？」室友瞧見是我，半晌從座位拋來一句：「也許當初不理她是對的。」

說這些幹什麼。「現在不都好好的？」

3

千尋又來敲門。深紫色大衣，一身拖地長裙，薄跟涼鞋。「妳穿這什麼。」

「被你識破，」千尋大笑：「我娘的衣服啦。」

離開淡水後，千尋先是跟父親住了一陣，又讓母親接了回去。某夜回家遲了，母親命她剝光身上衣物，給她兩條披巾，權充上衣下裳。趁母親洗澡，千尋從洗衣籃撿了衣物，摸出抽屜的遊樂園代幣，匆匆出門。

我們走出宿舍。「代幣真好用，」千尋說，剛剛公車上有人拉車鈴，她趕緊過去站他們的中間，匡啷投了兩個。

舟山路的冬夜又暗又冷，騎單車的身影急急閃過。千尋問起室友。

「算是能說到話了。這個奇葩，」至少我把我的不悅，用他能聽的方式說了。

「這又不是第一次，吵架我也很會。」

特洛伊那信我還留著。千尋說：「小柚講完典故，我才知道我是那種婆娘。」

我們走到新生南路的麥當勞。「當初從南投寫信來，我頂多回信勸妳，乖乖修身養性。也許妳留在南投掛聖誕燈，縫聖誕老人的襪子，久了就習慣了。」

「對不起。」千尋說，幫我謝謝室友，拜託。

麥當勞的玻璃懸掛一朵一朵碗大的雪花，走動的店員戴紅色聖誕帽。音樂那邊「戚戚啾啾、戚戚啾啾」，刷過每個人的目光。接近午夜，店長是拿這歌當作費玉清的〈晚安曲〉吧。聽完這一曲，夜讀聊天的眾生也該散了。

前奏是列車駛入鐵軌隧道的摩擦音。這歌甫現身的那段時日，房市奔騰，股市萬點。整個台北張開手臂，心臟噗噗敲打，MV裡的歌手一頭濃密的王爾德髮型，領一群舞者奔進台鐵大廳。如今想來真是，那個年代的神曲了。如此盛況的下一輪，就是張惠妹的〈姊妹〉了。

我們決定找一家跳舞的酒吧來疏通筋骨。披著細雨走到《國語日報》轉角的地下室。

酒吧的舞池不大，空氣不甚優良，來客不多不少，還算理想的排遣小地。腳邊偶爾滾來撞球檯外的球，地板踩起來空空的，「樓下還有人嗎？」千尋邊跳邊犯疑地說。

牆邊配置的閃光，只投射固定幾處，害羞的身體在暗影處搖動舞曲。一長串的搖滾音樂之後，來了，穿過鐵軌隧道的摩擦之聲低低滑過眾人耳邊。分明是硬接。角落的閃光雷電到來。原來這店還有隱藏的光束，為了迎接這歌而蓄意等這一瞬間。

這歌催促所有的身體出來。全場的舞客像小孩見到夏日廣場的噴泉，一個一個奔進音樂。心緒的纏縛筋脈的黏濁，趁這音樂好好洗個痛快。此刻的快樂昨日的鳥事，把它們抖出來，全數放飛。

被這歌洗過的步履輕盈，肩背鬆彈，千尋和我離開那店後，往溫州街的教會尋她朋友。

路邊一間鐵門半開的麵包店，店主蹲在門外抽菸，見我們張望櫥窗裡的麵包，「要什麼？半買半送。」

「有這樣的好事？」

是啊，這個時間，店主說：「出來抽菸也有生意。」

我們狠狠地挑了一盆麵包。

教會的地下室亮著燈。角落放置爵士鼓，電吉他。地毯上兩個男生歪著身子寫字。音樂是陳明章的〈再會吧北投〉。

「你們做了什麼？」長髮男問：「精神那麼好。」

「換一首，」千尋把麵包丟給音響旁的眼鏡男，「台北夠濕了換一首。」給你們聽這個，眼鏡男從背包取出一張ＣＤ：「這一首。」

「第三次！」千尋和我喊了出來。這歌要紅了。

林強。一九九〇。向前行。

原來的我

走廊外有吉他的聲音。是阿亮。抱住吉他往陽台走去，他的步履這時特別好看。阿亮膚色黑，肩背寬，輪廓深，身高一八幾，一度以為他是原住民。多年後問起同學，他跟我們同屆？感覺大了幾歲。「沒錯，大了三四歲。」當過兵還是插班進來，我們都記不清了。

有回從宿舍側門上樓，阿亮坐在樓梯邊上，一身酒氣，臉色酡紅，模樣邋遢，「你聽，」勾了幾個和弦，「跟朋友借的，桃花心木。」側耳貼住音箱，像靠住酒罈，嗅嗅弦上的音色，情人說話似地哼唱。

阿亮在學校側門拾到一包嬰孩，久等不見嬰孩母親，抱來宿舍餵了幾天牛奶，實在無法了，送去警察局。這事後來上了新聞，記者稱他是「愛心大學生。」室友說，像阿亮那樣，只要酒與吉他的生活，也太令人羨慕。「有女人就更棒了。」阿亮說。

他逛東區，和鞋店的女孩聊天，問其中一個：「要不要當我兩個小時的女朋友？」

女孩後來帶朋友來阿亮的寢室，聽他唱歌。我要穿遍店裡的鞋，跟他逛遍整個台北，女孩說。不到五坪的學生寢室，有時擠上十來人。社會運動、劇團、無所事事之徒，有人唱歌，有人攜酒來喝，床邊門上張貼海報，廣告顏料的壁畫，女人肥沃的花朵，變形動物器官，香菸燻得燈色昏暗，酒瓶如山，像吉普賽人的巢穴，行樂的洞窟。那或許是學生宿舍史上，酒瓶出入最頻繁的房間了。

阿亮唱艾力克．萊普頓，披頭四，齊秦。表情跟男人飆出跑車的引擎聲同一個德性：彈出讓人發麻的音色，與專注催轉油門，讓車身拉出一線精準細密的嗚嗡聲，手裡握住物我合一的感覺，那種過癮，身在其中的男人未必明白，然而迷上這個，要他拿出全心對待一個女人，只怕是空想。

阿亮的室友駱駝父喪，幾個朋友南下弔唁後，奔到清境農場。照片洗出來，草原深處一個阿亮，身上只一件性感的黑色內褲。

什麼啦。駱駝說，他根本沒穿，哪個缺德的給按了快門。照片裡的每個男生像做了壞事，一個一個逃奔草原的盡頭。

有個跟去的同學說，好險他半途被找去霧社看莫那·魯道的遺物。「要就像李敖那樣，大方一點啊。」

我和室友逛國際學舍後院，有些房子不住人了，陸續有東西清出來。床墊，沙發，書桌，花盆，不要的東西五花八門。榕樹下一架風琴，「怎麼這樣呢，」室友說：「它給過很多人美好的時光吧。」尋覓四周有無繩索。

我們寢室堆了上千本書，上千片ＣＤ，駱駝戲稱是總圖書館的男一分館。如果再來一架風琴？

「這摩托車怎麼載？該不會要我走路回去吧。」

阿亮也來尋寶，問起那風琴。「借到貨車了，」找我們去到榕樹下，阿彌陀佛，風琴不見了。

女孩又來過幾次，敲門不見阿亮，駱駝送她走後，說這種女孩一旦跟定了誰，跟她說什麼都心不在焉了。「這樣怎麼可以呢。」

駱駝高中時，夜半從台中騎腳踏車到日月潭，清晨打電話給國文老師：「跟老師報告，我在日月潭。」大二有回演兩天的行動劇，戲裡要剃光頭，頭一夜他剃了一半，回到宿舍，像個龐克和尚。後來有個口香糖的電視廣告，需要幾顆光頭，酬勞八千塊，他找來千尋，幾個男女稀里呼嚕剃了光頭。

駱駝加入劇團，團主領他們徒步海岸一個月，回來神清氣爽，沒多久又泡在酒杯中。那陣子有社團醞釀撬翻「萬年國代」這堵高牆，找法源，說理據，辦演講，校園、宿舍兩頭不少走動的人，交誼廳冒出高聲的談論：這樣不行啦，以為老人好對付嗎。一直辦演講做什麼？講爽的喔。

某夜室友說：你知道嗎？駱駝跑去紀念堂靜坐。

這不太像他。我所知的朋友中，駱駝是最不「教義派」的。他剃光頭，玩劇團，只能說他想，就做了。

天公超級不作美。春雨幾天幾夜地下，常常車棚走到宿舍門口，十幾步的雨水澆了半身。有學長說，駱駝太冒進了，靜坐？也才小貓兩三隻。氣象報告他不看的？怎不弄個大聲公，發些傳單，試試聚眾滋事的本領，成了氣候，再來弄個遊行？要他爬上發財車演講，他不輸人啊。小心想當烈士，一不小心成了烈士。

又有人說放心好了，傍晚經過紀念堂，雨衣包成那樣，攝影機拍不到臉，跟遊民有什麼兩樣。

夜裡室友問我：雨變小了，我們去看看？順便問誰有多的帳篷、雨衣？有大塊一點的塑膠布更好。總不能叫他奔去廁所換了，再來擺個靜坐的樣子。

他們坐在廣場的牌樓外。室友和我遠遠望著，被圍住的那裡像發生鬥毆的街口，層層幾圈觀看的人群。駱駝在裡面，雨衣裡的外套像件厚棉被，整個人鼓成一球，浸了水似地發脹，面容不甚清楚。

回到宿舍，交誼廳有人講起去年的六月三日。跟整個五月一樣，沒什麼大事的一天。看報紙，等晚間新聞，天安門一片烏鴉鴉的人頭。中間幾次謠傳軍隊坦克進來了，也只是聽說。六月三日那天，有人演講有人唱歌，晚報的照片遠拍近拍，特寫特稿。誰知道一覺醒來的事呢？

交誼廳側門推開，鞋店女孩又來了。阿亮的寢室沒人應聲。

「妳來，」室友招手，給了她一條乾毛巾。「不是來聽阿亮唱歌吧。」

他唱得還好，女孩說，就齊秦比較能聽。〈原來的我〉，第一次來，阿亮唱這首。

那首我有，室友從架上取出CD。齊秦那個版本，起頭半分鐘的弦樂，慎重低沉，好像要弄出很大的一首歌，冰封的冷肅感，非常難以接近（誰知道冷肅的彼端發生什麼），是自錮自閉之後，終於開口，願意吐露了，出事了不知怎麼辦的小男孩。日常彈吉他的少了這個鋪陳，幾個和弦一撥，簡省乾淨，成了浪子的起手式，反而殺人於無形。

CD的錄音把空間的回聲弄出一個洞穴感。是個受傷的聲音。這個，太激盪人的母性了。

原來齊秦是這樣唱的。女孩說：「我知道阿亮在房間裡。反正我也沒很難過，我有新的人追了。」晃了晃那雙櫻桃色厚跟的涼鞋。

這樣想最好。室友說，妳的鞋很好看。

女孩走後，內線電話響起。「可以出來了，」我告訴阿亮：「不用裝死。」

「這樣好嗎？」室友問我，「我們這邊聽齊秦，那邊憂國憂民。」

阿亮的寢室又有了吉他聲。如果有一種感情，就只是單純地愛這聲音，那該多好。

一覺醒來，天朗氣清。傍晚回到宿舍，室友問我：「你聽說了？紀念堂爆滿了。」一堆人守著交誼廳的電視。有人說社團過去了，教授、大老也去了。攝影機進去了。黑輪、香腸進去了。各校人馬都來了。

野百合開始了。

私語李維菁

二十年後再見，聊起從前，許多事不是當年的那樣了。儘管我們都給出了同一個下午的若干輪廓。

有些恍惚的下午，來到容易恍惚的地方。先是在文學院轉角的電話亭裡，有個熟悉的背影，是麗莎。那個年代出門在外，對某人起心動念，非聽到這人的聲音，手裡得揣住一把硬幣，兩個人固著在線路的兩端，能說的真心與謊言，也就那樣了。偏偏是一座走過的人都看見，誰站在那亭子裡。

麗莎和我稍後在酒吧遇見。我們一同翻看琳恩的相簿，一本粗拍的婚紗。山林晨霧，蟬翼白紗，預計還要再拍一天。維菁也來了。建議與讚美簇擁琳恩：捧花少些，妳本身的質就很足了。還有手勢。應該有更出來的飾物，杯子或書本。

「是在拍家具店的型錄吧。」麗莎說。

然後，有人插科打諢：「好想找人養啊。」悠長的一嘆惹得眾人發笑。

「這人說這話沒在羞恥。」維菁說：「公平嗎？」

散場大家都很開心。不過二十五六的我們，不及現在的一半年歲，卻覺得自己好老。那時候，所有的果子還在樹上，走過的人習慣低頭，聽自己踩過落葉的腳步聲。沒有人有手機，彼此識得眼中的你，不是手指滑過的你。不須被認出或渴望被認出，各自安分。大家貼著無可名狀的時光，從黃昏坐到深夜，分一點夜色的恩寵。

琳恩是朋友之中最愛逛女書店的。她上過外文系老貴婦的法文，課後愛上前問東問西。老貴婦年輕時聽過西蒙波娃的演講，「搞什麼女性主義，」琳恩轉述：「找個實在的男人比較正確，一次解決兩個問題。」

幾年後，麗莎跟朋友南下，回飯店前來我家小坐，說起琳恩，完全斷了聯絡。隔年麗莎又來電，問我記不記得那司機？短髮眼鏡女孩。開車的不是個眼鏡男？後座一盒螞蟻四溢的奶油酥餅，踏墊我清理了半天。不不，麗莎說，還有一個女孩，酥餅是她送的。人家還記得你哪。

麗莎不和我來往，能想到的，就是這樣了。

「也不是生了什麼芥蒂，就是老了懶了。都抓來掌嘴。」維菁說，麗莎後來成了動保界的德雷莎修女。人一旦引貓狗為知己，再親的朋友總是有隔，除非對方也招來貓貓狗狗。

「這樣講，我有點懂了。」

一四年的秋天，我們一同回望二十年前。那時維菁開始寫作了？從來不談這個。只知道她在弄藝評，偶爾把採訪的備料跟朋友說，時間到了回去做功課。這是她的習慣，解散或要續攤由她，不會硬ㄠ，相處起來頗舒暢。

我很後來才知道，這樣暖身的晃遊，對某些作者很是必須。目光流動或放空之後，這燈下寫作的夜，若正好在前往書被催成墨未濃的路上，可有好受的了。

有個藝術家早年被維菁刨根究柢地追訪過，私下怨惱：不就鋪陳些技法師承、畫廊學派的浮詞，也能弄出像樣的稿子。作者怎麼這般說一不二？這，就不知是誰對誰的不敬了。維菁說過這類的事，氣到槌桌。「好帥喔，莫氣莫氣。」聽出是敷衍，她回敬兩個不上不下的白眼。

也許這性格耗些了元氣，日常的她犯起無邊無際的慵懶，誰都難救。幾回見她伸直胳臂，臉歪在桌上，喂，振作啊，貓出一隻手撥她，也不理。得要她自個兒正經，長出氣勢。這在她的寫作裡，發作過幾回。她有篇論村上春樹的雜文，千餘字吧，用了硬碰硬的姿態，從《聽風的歌》起頭，寫得很淡，卻很透，揣想了村上的高度，也仰攀而上來一同觀看。不是弄個情境來鋪墊村上。她把自己放上去了啊。非常用力、用功，沒在晃點。

聽我這樣說，「花了我好多時間啊，可是得到的迴響不多。」畢竟是開心，對於自己的在乎也不掩藏。

我那時的手機是諾基亞，「妳看，」借了她的點了臉書，「我寫的就這幾個讚。」

真羨慕你，維菁說：「輕易就示弱。」

我本來就弱，「所以得找個真心的人。」

「講得像用上了求生的手段。」

「全憑一廂情願。」我說：「這檔事扯上境界，只會自苦。」

「這倒是。」

然後聊起了許涼涼、老派約會。當年許涼涼藝驚四座，「老派」那邊（彼「老派」非李氏「老派」）有些雜音：銳利有餘，敦厚不足。然向來講「敦厚」的，骨子裡多藏著「看，這才叫做敦厚」的氣味，企圖引他人就範。正格的敦厚哪裡是這樣。若恃「敦厚」為一種美學標的，何妨不相為謀。要說文章敦厚到見識了本人，才訝於相逢何必曾相識，也不是沒有。

「許涼涼好多的不正確啊。」

「那是自然。」維菁說。

也只淡淡一筆，無意攤開來細論。想想何必，還有更多的亂七八糟可說，無須於此爭長論短。隔年她出《生活是甜蜜》，我捎去一段朋友的讚詞，維菁沒說什麼，感覺她那頭遠遠地跑走了。她是這樣地在乎啊，自己的東西是好是壞，她比誰都清楚。也許後來較真了，知道更多的無可奈何，更不用端出來指指點點。

之後她敲我，就找齣日劇來聊。松田龍平不用很帥就能演得很帥，綾野剛蓋頭蓋臉，生怕被看出是個會演的，常盤貴子、竹內結子的門牙，使她們笑的眉目特別好看，典型的明眸皓齒。一個一個品頭論足，互通有無。

她有個弟弟住南屯，說好了來台中，帶她看看這邊的貴婦，和她們的男人。也看了我手機拍的一段搖晃的樹影。她看得專注，是風，樹葉搖動而看見了風。往高鐵站走去的路上，說起若二十年前，要去夜唱也是可以，但這個年紀，都成了自己認可的清教徒，乖乖練起瑜伽、詠春拳，推推我的肩膀，記得運動啊。

聽姊姊的。

有一個瞬間，那個風特別柔軟，空氣嗅嗅就飄出一縷終夜神迷的，不知誕自何處的清香又來到身邊。

也許我們都以為，再一個二十年，還能同在一處瞎聊。沒有下次了。

告別式的前夜，幾個朋友前去上了香。入夜台中驟冷，快速路上的車子呼呼奔著，電台出來熟悉的歌聲，最末的幾句入了心，竟讓車子奔過了頭。這環中路是一個大圓，錯過了再繞一圈就是。記下的歌詞回頭一查，彭佳慧〈貴人〉。

唉那歌裡說的，只怕維菁看了啞然失笑。

這下好了。想和她說話，只能翻翻書，最好不要睡前。《有型的豬小姐》有篇小品〈年歲以及一點點什麼關於它的〉：「今天要照昨天以及往常那樣，活一天。」怎麼讀都是前不見明日，後不見來人。時間在倒數，寫下的一字一句，誰能看見？看了又如何？這，是她的天問了。

這兩年聽聞有些讀者，把〈老派約會〉數篇一看再看。每讀一回便嘆：怎麼還有沒見過的句子。是全心接受之後而發的，紙頁上的每一行字，他們要化為己有，甘心為這些字句帶來的，只有自己的心領神會。浸潤，反覆。這些，若沒有早些年的游移，沒有任性地大把浪擲而後自我淘洗的作廢時光，不會有老派約會，許涼涼。

在這個物質與意念過度繁衍，且逼驅著文明往堆積與崩毀相生相解的，不斷辯證頡頏的時代，這樣的興盛本身，何其可疑。而或許是一兩篇烙下於讀者深心處的，輕盈也可以巨大：一隻蝴蝶與一座高牆厚垣的城邦，團繞曲折的迷宮，孰輕孰重，孰短孰長？

於百花盛放自證自明的眾神國度裡，只要兩三篇，不用太多，從這個那個讀者的目光深處劃過，一直劃過，劃出了自己的軌道。漸漸地更多人抬頭：她在那兒。

對了維菁，有沒有人說妳長得像菅野美穗？她老公是堺雅人。

輯二　點歌時間

太巴塱之歌

雨一直下。我們走在和平東路，尋找那幾家有樂團與音樂的地下室。台北的冬雨發起狠來，整日整夜心酸的滴答。鐵門外的騎樓發脹，機車的踏墊，雨衣，貓狗的溺尿鋪在廊下。行人目色潮濕，步履沉重。

我們想去到輕盈的地方，讓音樂帶著可能，來到金山南路轉角的地下室。你很難跟不在場的人描述任何一場聲光的聚會。即使你在現場，那也是很主觀的感覺：上回有個厲害的ＤＪ，我們還在大聲說話，他指頭的轉盤奔出的樂句，在微塵飄飛的光束裡出沒，音樂是光，光是音樂。你一顆一顆拾起塵埃，捏碎聲光。它們互相傳遞，逗留。被帶領的路上看見，我們都在**那裡**。

我們哪裡也沒去，身軀立在原地搖動，除了吧檯後方的小燈，沒有ＤＪ的指引，全場一片黑。等等他驅動「要有光就有光」的路徑，變幻，投注，繞射，所有的樂句構成一艘航行黑暗的船，攜帶漂游的耳目，流轉於聲色之海。宇宙渾沌，星團裂破，幾萬億光年收束在樂句與樂句的演化之中。你與他人一同觀看太虛生成的奧祕，目光驚詫，雙手臣服。你是他人，他人是你。成住壞空之後，成住壞空。

那夜運氣不好，ＤＪ有點落漆。他沒法呼喚奇蹟，森冷的舞台光，照得幾個披頭散髮的舞步像醉酒的鐘樓怪人。聲色這門技藝，如同教主開示，有法子弄鬆大家，給底下「我家門前有小河」、「妹妹背著洋娃娃」，照樣搖頭晃腦。不行只能說抱歉。大家的手都很沉重，進來的雙肩一片潮濕，門縫一開一闔透進絲絲涼風，貓姊鼻頭一嗅，「走。」往和平東路的盡頭逛去。

那幾年台北城內外冒出若干小小的聲色舞場。有的甚是簡陋，外雙溪山坳的幾口貨櫃，樹林裡鬧著，窄矮的空間，伸手不見五指，守門是個阿桑，手拄一枝拐杖，似要進入誰的墓穴。外出在手背上蓋一個章，像被下了符咒，保有你出入的身分。如果還對門內存有幻想，你得好好守護這道兩三下漫漶難辨的符印。太像小孩子的遊戲了。

走到羅斯福路這一頭，有家新開的店，同樣是地下一樓的洞窟。守門的之前在別處聊過，不是個嚴謹的人，知道只是來看熱鬧，也不喝飲料，要我們幫忙做一件事：看看舉高的手。「人一旦聽到忘我，自然就會這樣。」高舉他的雙手，信徒恭迎教主，「表示這個團唱的還可以，管他自創改編，民歌搖滾。幫我算算，總共有幾雙手。」

門外歪斜長短不一的傘，滿地意興闌珊。我不常聽地下音樂，只能粗淺地分它們為兩種：一是鋪灑，樂團的搖盪或敲打遍在，散放的樂句滿場撒出細細銀粉，跟著呼吸韻律，人人皆取一瓢。一是收束，氣場像堵堅硬冷酷的城牆，要你攀爬而上，撐破的吼聲像坍塌的牆堞，壓得眾人難以喘息，台上持續睥睨，檢視他的徒眾。他們要台下繳出全數的專注，投入那聲音的所在而整個吸納。如果你拒絕，就離開了。

我們找不到一首好聽的歌。樂團自顧吼唱，他們仍在尋找。旋律節奏之外，感情放置的狀態，四壁回音的嗚嗡，仍在延伸，探觸，在不太清晰的幾個團塊之中推擠，移動，空間碎散分歧，沒有完整的肯定。而台下也在找。「還在實驗吧他們。」就走人了。

新鮮哪外面的空氣，呼吸也是潮濕而愉悅的。

然而還有想去的地方，是哪裡並不知道。鞋子都濕了，不用急著回去。又走來和平東路這頭，每家門口掛出「關門」拒絕了我們，只一家店的鐵門沒拉下，椅背倒翻上桌，地板水洗過，最裡面一桌三個人圍坐，「哈囉朋友，」膚色在燈下發亮的那人用唱歌的聲調招呼：「來吧朋友。」

三人是這店的員工，他們早喝開了，「來，現在這店是我的。也是你們的。」

既然這麼說，「就不客氣了。」

知道我們去了附近的兩家店，沒聽到好聽的歌，「要聽歌？可以，先聽我講笑話。」膚色最亮的那個說。然後，這輩子算是遇到，那麼會幫身體與器官創造笑話的人。「一定是你編的，」貓姊和我笑翻在桌下。

沒錯。店員說，他沒事就幫器官想出各種笑話，它們彼此有了感情，身心舒暢了，這樣的一個人怎麼會寂寞。

講笑話的要我們安靜。他站起來打開雙手，唱歌。一首從來沒聽過，也不知道歌詞的歌。聲音像海洋一樣廣闊，月光一樣溫柔，平平推出去，從騎樓散布到雨夜的和平東路的街頭。

這歌沒很悲傷啊，怎麼，都有了想哭的感覺。

他想家了。另外一個店員說。

唱歌的說，換你們講笑話了。

我們講的太難笑了，如今怎麼也想不起來我和貓姊說了什麼，草草地結束了那個莫名其妙的夜晚。

那首歌後來又出現。是這樣的：幾年後貓姊和我在貨車砂石車夾伺的蘇花公路上，太平洋無法好好地觀覽，說好了奔到七星潭看個夠，到了壽豐才發現，七星潭早被丟在遠遠的後方。打電話給光復的朋友，「來啊吃飯。」車子往前。

在太巴塱待了一個禮拜，想起了太平洋。朋友說：不早了走吧。為了黃昏的到達，光豐公路上我們奔馳，過了幾十個非常相似的彎，車子一跳一跳，海的背脊浮了出來。

車子跛在路邊。一截鋼條直直插進後輪，「不偏不倚。」貓姊說。

朋友打電話給豐濱的車行。因為是認識的，在車行吃了晚餐走到海岸，幾朵巨大的黑雲垂在天邊，海風拉得很長，一次一次送來潮香，涼涼地往山的那邊下來，摩挲溫熱的頸項。

回程的山路又多了幾十個彎。怕我們睡著，「再一個彎又一個彎，就到家了。」

朋友說起去年發生的命案。死去的女孩託夢，她的家人循著幾個朦朧的影像，在這路的某個彎道走下坡去，找到失蹤的女孩。

走完海岸山脈的最後一彎，花東縱谷現身。車停在一處視野開闊的山坡，屋舍點綴稻田，延伸在平原。檳榔花氣味的海上，夜色清朗，浮光明滅點點。

朋友在唱歌。「是那一首啊。」貓姊驚詫。那年台北的一個雨夜，我們誤闖的店，聽了一堆莫名的笑話之後歌詞不明的那首。

這一片平原，朋友說：每次看著它們讓山谷環抱，自然就唱起這一首。問這歌詞說了什麼，他也無法說。他們稱它〈太巴塱之歌〉。

紐約的演唱會

1

比利請我吃飯。他是我打工時相熟的學弟。一個星期假日，我們被清潔公司分派打掃南京東路某大樓。大樓很舊了，外牆磚隙像老菸槍的齒縫，窗玻璃長出細毛，幾個工讀生尾隨工頭，穿上雨鞋走往地下一樓，跟著洗地機把滿室的泥水趕到牆邊的槽縫。靠停車場的幾根柱面像蛋捲皮，手指一敲，貼著鋼筋的水泥一片一片落下。

「不要再剝了，」工頭說：「下午我們都要在這裡。」時，柱縫裡奔出一隻老鼠。

那次領完錢我就不去了。工頭後來介紹比利一個居家的打掃工作，在學校附近，時薪多了一半。「不用羨慕我，」比利說：「如果當初你堅持，這頓飯是你請我。」

我們吃完水泥糊一樣的焗飯，前往汀州路的公寓大廈。比利說，這是他的三個工作裡最輕鬆的了。一週來一次，屋主的衛生習慣不差，三兩下收拾完，夠他睡個足足的午覺。

「管理員可以作證，」比利說：「我花了一整個下午打掃。」

公寓門內一扇原木落地屏風，繞過這一進，才是客廳。客廳外的陽台近側是新店溪，溪外幾叢矮山和擁擠錯落的高樓，「那又是另一進，」比利說：「你眼睛看到的這一進一進，是一門學問。屋主教我的。」

屋主歡迎比利不時過來走走。「房子還是要有人住，順便借借人氣。」比利問：「他會不會是喜歡我？」懷疑不置，「我女友也這樣覺得。」

我在報紙上見過屋主的臉，是個小有名氣的藝術家。「別再說了。讓他知道，他一定以為你對他有意思。這種人台北少說有一萬個。」

藝術家的書櫃很香，地板柔軟光潤，牆上一幅恣意揮灑的抽象墨跡，裝框玻璃上映出兩條模糊的身影。

那個年紀的我們，對於想成為怎樣的大人：律師、醫師、老師、法師，頗不吝於跟身邊的朋友吐露，沒人在裝「酷」的，跟時下競相昭告「不要成為那樣的大人」的風氣殊異。相同的是，說著「要或不要成為大人」的，統統早就是大人。

我第一次起了「想成為那樣的大人」的念頭，就在那個客廳：有個興趣投合的工作，且有間離學校不遠的居所，十來分鐘奔到教室，各種時髦的課程供你選擇。樓前有市井，樓外溪山水景，附近戲院、餐廳、書局，還有間念佛習禪的精舍。

比利帶我來喝冰酒。上回他偷偷開了一瓶，第一口！比利說，原來「飲品」的「品」，是這個意思啊。藝術家念他，這得三天三夜冰透的酒，既然開了，自己找時間喝完。

「現在來喝正好。」從冰箱取出棍子般的酒瓶，找來兩盞玻璃杯，「來吧。」

蜜色汁液滑入杯中。

天，我的舌頭！他活了！

窗外兩朵慵懶的白雲。大門開了，我們的脊梁瞬間離開靠墊。

「辦趴踼啊，」藝術家回來了。他的工作室在新店溪那邊，也許心血來潮或漫無目的，正好過來。

比利告訴過我，有時藝術家去工作室只是為了完成離開台北這個動作。藝術家打開冰箱取出一瓶可樂。

「你的酒，」不知說什麼，「好多啊。」一同望向櫥櫃。

「開玩笑，就那幾種。」藝術家瞟了一眼我的杯子，「要是在我們紐約，就這幾款，辦趴踼？笑死人。」

然後說了很多「人家我們紐約」的事。派對晚宴，大都會美術館，布魯克林大橋，曼哈頓的燈火。人生啊就該趁著年輕來到世界的中心，有了那個中心，日後跟別人看到的不是一樣的風景。藝術家說。

話是說得沒錯，但一直說，就很煩。應聲不是不應聲也不是。之後有段時間，比利和我談到他，一律稱呼「人家我們紐約」（為求行文方便，以下簡稱「紐約」）。

紐約弄的創作有點新，混合媒材概念裝置，那種東西沒看到實體，常常有聽沒有懂；看了實體，可能也是不懂。

紐約或許看出了我的疑惑，「算了，幹麼說這些。」望著窗外，「費茲傑羅。至少聽過吧，寫《大亨小傳》那個。」

比利說：「美國的電腦大亨。」

紐約反應不過來，「那個年代有電腦？」走去廚房。

「那個叫比爾．蓋茲。」我小聲告訴比利。

「好無趣啊這個下午。」紐約走過來：「怎麼？我的窗景那麼好看？」

我說這河的下游，有些藝術家跟他一樣，工作在那邊，住家在這邊，每天穿梭在河的兩岸。

也許藝術家最大的忌諱之一：竟然有人跟他一樣。紐約一臉索然。

我覺得該走了。冰酒也不冰了。

「你們兩個，」露出不怎麼清爽的微笑：「想什麼我知道。你們在猜我是不是喜歡你們。像你們這樣的全台北最少有一萬個。」

這種感覺想必常常在他心中來過，對於不同的人。我覺得很糗。

紐約問比利這附近有什麼地方玩耍。比利回他：大世紀。看戲，唱歌，買書都可以。紐約想找人唱歌，比利答應了。

2

「他怎麼知道我們說的？」

走往大世紀的路上，比利問：「剛剛他說全台北有一萬個時。他裝了竊聽？」

你問我問誰。

比利想了一下，「紐約說過：『至誠之道，可以通神。』也許剛剛他有通了。」

大世紀在台電大樓斜對面。頂樓是電影院，下來幾層是一間賣佛教文物的書店，再往下有兩層KTV。

三人先後來到KTV門口。平常和朋友結夥上KTV，就像眾人吃合菜，你勾這菜他點那湯，你兩首他兩首，輪番表演觀看或被觀看，不推不搶，有人入神有人出恭，求個一團和氣。

這個紐約老兄，一坐下來點了滿滿一頁。我那不好的預感蠢蠢欲動。

比利和我互看一眼。意思約莫是：原來，你們紐約是這樣唱KTV。

有智慧手機就好了。傳個賴打個PASS。沒有手機的年代，眼神很重要。

紐約唱起貓王，約翰．丹佛，瑪丹娜，摩登語錄。

有沒有人也是這種感覺：KTV這地方，唱國台日粵語就很搭，唱英文歌？只能說英文歌的「波型」情狀，在黏貼兩三坪壁紙地毯的冷氣沙發廂內，是一種別樣的滋味。

紐約的第三首是惠妮．休斯頓 I will always love you，這歌唱得很行，把全場壓得眾雀無聲；唱得不行，先估量彼此的交情再說。趁紐約灌足真氣分不了心，我開門走往沙拉吧。

比利跟在後面。

「你這什麼意思，」我說：「你也來了。」

我們站在沙拉吧邊吃了起來，房門那邊傳來珍妮佛．若許〈愛的力量〉。

「你聽，這個旋律，這個氣勢。」比利震顫他的雙肩：「這伴奏這旋律，你就靈肉分離地貼著音樂聽。」夾了幾片血色不足的西瓜。

「去關門。」

我們留下紐約在他自己的歌聲裡，走出KTV，來到樓上的佛教文物店。

「你朋友怎麼了？滿頭大汗。」老闆一臉驚詫。

「身子虛。」比利自己說了。

「去靜坐一下，」老闆娘指著店內三寶佛桌下的蒲團，「我放水晶音樂給你。你很快就清涼。」

「怎麼辦？」離開大世紀的路上，比利問：「出來我瞄了歌單，他又點了兩頁。也許他現在唱順了，你去聽別人的演唱會，也不是每首都能聽啊。」

「去啦。」我推了一下比利，「總得有人陪嗨。」

他真的回頭，聽完一整個紐約的演唱會。

3

我在86巷遇見紐約。他靠坐吧檯，走經他身邊兩次，沒有找到記得我的眼神。我們重新回到初相識的狀態。

日後我遇見這類能自動洗白回憶的人，多少有些羨慕。他們也不是凡事皆如此。

紐約講起現代藝術。幾個女孩端凝身姿在座椅上聽著，傳遞眼神也只是微微。待他開始「人家我們紐約」，那些眼神便不客氣了。

其中的一個意思約莫是：應該有人出聲來制止這嚴肅的話題。朋友聚在這裡，不是要來聽這些。那常常比言不及義更惹人不悅。這時間馱著夜色推門進來的，大家靜靜坐下來喝，大概這樣。不要太有事。

幾個女孩中，就琳恩是個不可救藥的文藝青年。紐約和她漸漸地同在一個話暈中，其他人悄悄退出。

貓姊、麗莎坐到窗邊圓桌，托腮同觀吧檯邊的風景。琳恩腰椎挺直，一派崇敬地聽著紐約見聞、「人生總得，日後才能」的道理，坐相端嚴。

那樣認真的琳恩，我為先前的種種不敬覺得歉然。

「你夠了。」麗莎說：「琳恩那樣又不是第一次。」悠悠說起白光。

白光有首老歌：你是虔誠的和尚，我是莊嚴的女菩薩。你對我焚香禱告，你給我披金插花，（口白）到底是為了什麼？

說到老歌，貓姊說：有個新人彭佳慧，也唱了一首：我像落花隨著流水，隨著流水漂向人海。歌詞大概這樣。是個會唱的。

麗莎說：這是新歌吧？這兩天電視ＭＶ播個不停。

本來是老歌。我說：是做詞曲的給人家混搭了，這也不是第一次發生，羅大佑〈痴痴的等〉就這樣玩過。

「羅大佑不算，那用念的。」

「所以，彭那一首是新歌？」

三個人糾纏半天，鬧著老闆找歌來放，又說在嗑藥牛仔與尼爾楊之間請來白光，不知滋味如何。

那年代論歌的大不便之一：提到的詞曲你得精準哼唱，他人才好尾隨而來貢獻他的耳鑑。偏偏這個醺醺地走了調，那個掉字漏句、張冠李戴，得各自回家找卡帶一聽，才明白當時夾七夾八的哼哼都鬧了什麼。

「咦你們也唱流行歌啊，」紐約走過來，說起了辛曉琪。幾年前的紐約，〈在你背影守候〉可是紅了一陣。

「紐約的KTV有這首？」琳恩過來。她又點了一杯。

那可是紐約，麗莎說。

「〈領悟〉知道吧？」紐約豎起大拇指：「神曲。」走往洗手間。

「妳們，」琳恩說：「能不能慈悲一點。如果他回去紐約，誰來聽他講紐約。」說到慈悲，麗莎說，上次紐約過來，講到後面問我們：「是不是在做慈濟」，自己就跑了。

妳們一定說了什麼，琳恩眼色狐疑。

看著好了。等等他還會問：「妳們在哪裡上班？」貓姊說。

紐約過來了。知道麗莎研究美國文學，說起有個紐約回來的女學者，年過四十還像個大學生，「因為人家潔身自愛。」又提到了〈領悟〉。

窗外有人招手，紐約走出門外。

「怎麼辦？從惠妮・休斯頓到〈領悟〉。」貓姊的精神來了，下眼線嘿嘿地抬高。

說來是我缺德，「紐約的演唱會」這事朋友之間早已傳開。貓姊是個獵奇動物，一旦有人附和，這個晚上沒完沒了。

麗莎趕忙表示：等等該回去潔身自愛了。論文還沒寫呢。

酒這種東西，到了一個程度，來客之間隱約浮現一坑意志的泥淖。誰都想要走，誰也走不了，眾人混話胡話齊出，是奇觀，可能也是災難的開端。

〈領悟〉有一句：「一顆心眼看要荒蕪。」很長一段時間，在街巷間濡沫暈染，成了許多人拿來闡釋自身的困境或意欲撩撥的金句。

貓姊和我在卡拉OK見識過〈領悟〉的氣勢。點這歌的是貓姊的朋友，頭一次見到MV的我吃了驚嚇：辛曉琪一身濕淋淋的眼淚，目色亮出一把寒光，從很低很低的哀怨深處，先是「可惜你從來不在乎」，又是號泣數落，又想求個痛快善了，副歌到了翻江倒海，預先藏好的眼淚一併潑灑。

「沒事沒事，」唱完這歌的女生對滿室的目瞪口呆說，心好累，只求回去一個好睡。

以後我算是明白，拿這歌來唱的多半有事，意圖藉他人酒杯澆自己塊壘。〈領悟〉太像感情狀態的照妖鏡。要弄哭唱歌的，肯定是首選。沒事拿出來現，那就是哭妖。

不唱不唱。投完反對票，三人推貓姊去跟紐約說。

「這樣啊。」紐約進來：「我該回籠了，我不晚睡的。」都凌晨兩點了。

4

若干年後，我遇見麗莎。說起那夜，眾人遲疑是否往大世紀續攤，一哄而散之後，貓姊又載我回到86巷。紐約和他的朋友還在。

進去。貓姊說：聽他怎麼跟他的朋友「人家我們紐約。」

紐約沒有要跟我們說話的意思。剛才的〈領悟〉之類，沒人再提。

倒是他的朋友說：咦，怎麼你們還在？

貓姊跟那人胡言亂語了一陣，突然說起等等奔去龜山島那邊看日出。

龜山島？那人問：妳說的是宜蘭那個龜山島？

是啊貓姊說：那太平洋的清晨像一塊藍色毛毯，龜山島那就像隻溫馴的小貓。

貓姊喵喵。她就是這樣。來人愈是意興闌珊，她愈是撩弄。「走呀，龜山島吞吐霞光噫氣，被太平洋抱著的模樣，你們不看嗎？」一旦想擺脫誰，要她奔去看綠島，她也會去。

那幾個也許覺得，這麼晚了，大世紀這麼近，累了還有沙發瞇一下，燈光調暗。這個瘋女人，竟然要去看龜山島，那就不奉陪了。

真是的，麗莎說，那夜急急回去潔身自愛，趁夜想寫點論文，結果什麼也生不出來，「龜山島的早晨整個讓你們端去，早知道就跟。」而這事還有個前因：

這不久前的某夜，貓姊、麗莎和我三人奔去碧潭的路上，「是要去哪？」後座的麗莎很是驚嚇。

就碧潭啊。

碧潭早過了。不可能。走到哪了各說各話，只一路的遠處幾座外廓鑲上螢光燈管，紫光輝煥的廟宇，頂住沉沉的天色。

欸我們在北宜了，貓姊說。

收音機低低的歌聲，車裡的氣息尚稱歡悅。好熟啊，是美空雲雀？麗莎與我同聲猜出的瞬間小小地奮躍，且或許這雀噪的呼悅是因為：這歌怎會在這時間現身。

車子奔進一段昏昧尚且平坦的路上，砰，貓姊的車頭一歪，彈了回來，往前方的山路曲折而去。那一下沒它的事。

三人嘰嘰喳喳。你聽見了？妳這樣問不是廢話？車子怎麼還在跑？它如果不跑了怎麼辦？

如此往復數分鐘，停車查看。車子前額貓出一碗凹痕。太可異了，麗莎說，剛剛那是紐澤西護欄吧。

「是護欄。」貓姊點了菸：「那個感覺，只能是護欄。」

車子沒再往前，回頭靠近美空雲雀唱歌的那裡。幾十塊矮几大小排列成弓形的水泥護欄，磕到的那塊像患了牙疼的下巴，歪向路邊暗處。

快走快走，我們很是抱歉而心虛地奔回公館。之後的車遊，麗莎就不跟了。

我說，貓姊的車開始九彎十八拐，我問了她，真的要去看龜山島？貓姊回我，說這什麼話，你看看這是哪裡。

之後我一路昏睡到貢寮。那天天色不算太好，龜山島有沒有貓姊說的那樣萌態，我就不知道了。

靜夜時光

在每個人的世界只比自己大一些些的年代，周遭的朋友現身，常常帶上一點清氣，「我去靜坐。」某幢公寓的客廳，大樓的某層改裝的精舍。一張蒲團，一排坐墊。有人帶領唱誦，有人去了這個，又去了那個團體。

有本書在朋友之間傳閱：《美好人生的摯愛與告別》，作者海倫．聶爾寧與先生司格托鄉居緬因州，務農為業自力更生，高壽的司格托晚年決定斷食自終，平靜離世。夫妻的一生成了青年世代追仰的傳奇。海倫書中對於她年輕時的男友——克里希那穆提，頗有些不以為然的觀察。儘管克氏的一生與後來的演講，啟發眾多心靈走上追尋的道途。

「好妙，」我和哲學系的一個同學說起人的諸多面向。同學說：「你可以讀讀克氏的傳記，胡因夢翻譯。」

書很厚，我在研究生宿舍讀著讀著，跟貓姊說起這個後來成為「教主」的人。「這樣說也不太對，他解散了原先的那個團體。」不知怎麼形容：「我到底在說什麼呢。」

宿舍據說是美援年代蓋的，灰沉沉的一幢三樓斜瓦建築，每個房間兩面長窗，一長排夕陽斜照的玻璃頗有幾分修道的氣味。早期是八人一間，太舊了說要拆，後來供給抽不到宿舍的研究生，改作四人一間，一個人使用兩張書桌。書桌上過一層茶色的漆，粗略掩蓋鑿得深些的文字與無意義的刻痕。研究所的學長說起上個月回國講學的某教授，住過這宿舍呢。總圖後幢的一樓，以木板分隔上下兩層，灰撲撲的舊書架上，幾十年前的某月某日，借書卡上的最近一次簽名，是教授的字跡。

我那間宿舍住了我和一個資訊所的學長，其他兩位只開學時見過。「這宿舍有味道。」其中一個嗅了嗅門外的走廊，說起他的研究室，「比這邊清爽多了。」

理工學院的修業時程緊湊，跑數據或照看培養皿，時時刻刻緊緊盯梢，宿舍裡多的是來去匆匆的身影。房間的走廊邊是洗手間，幾步之外的椅凳上一具電話，偶爾響起一串鈴聲，寢室開門的聲音喊某間寢室的人名。水龍頭嘩嘩的臉盆過去的圍牆外，是建國南路到底的車流聲。

許多時候，它幾乎是一幢空樓。

貓姊那陣子在86巷的小酒館上班，吧檯外有個會計師常常喝到深夜，面前一只混濁的菸灰缸，抽到一半便摁熄的菸屍像岸邊摧折的桅桿。他雙頰通紅，豎起領子認真地說：「我也來開一家這樣的店。」再晚一點，他的老婆就要來了。

那年冬天冷了許久，陽明山上的浴室不堪用，宿舍的鍋爐還有些許熱水，貓姊下班後借我宿舍洗浴。是一大間有十幾個蓮蓬頭的敞開浴室。我守在門邊，門縫底下絲絲熱氣冒出，小庭院收著月光，簷下的蕨葉咀嚼潮濕的夜色，我思索關於時間，存在與認知，意念的浪潮與止息，又想起克里希那穆提。既不是贊同也不是反對。文字串起的意念像條無聲的河流，靜靜地載浮載沉。他們不在耳邊，他們也不在眼前。要去哪裡？我似乎明白的，一下子又模糊了。

貓姊洗浴完，吹乾了頭髮，又搭上NSR，兩人趕去萬華吃完碗粿，機車幾個轉彎，繞進水門外的小徑，幾間小廟藏在冷風呼嘯的野草裡，紙錢焚燒的煙灰混著河面的油汙味，風吹開水面的大橋身影，水紋泅向河岸兩邊，撥開燈色輝煌的城門，瞬間又闔上。

這樣一路騎過三重，奔到林口的山崖邊，腳下的暗處一片佳城。再過去的盆地雲翻霧湧，現出一根定海神針，是車站前的新光大樓。一〇一還沉睡在設計師的意識深處。我們以那根針為座標，靠它指認幾個夜市的方位：在它的左邊，在它的右邊。之後又奔回陽明山。客廳安靜，晨光隱隱，窗外的葉脈金沙細細流瀉，注滿樹的葉隙復延伸至搖曳的樹影，浮出更多的光。室溫五度，我彷彿聽見凍出冰晶的光輕敲玻璃的聲音。

那個世代冒出各式各樣的「隱遁心靈」。一個熱心的學妹，幫我報名萬里山坳裡的寺院禪修。我弄不清寺名「靈泉」、「凌雲」，報到前一晚去電，師父說：

是「靈泉」。

禪坐名為「禪七」，從頭到尾八天。叩鐘之後的深夜，上百人的鐵皮寮房，打鼾磨牙，溪流潺潺，四顧黑暗。捱到清晨四點，響板沿山路來喚人起身，每天靜坐十炷香。除了老和尚與啾啾蟲鳴，不聞人語。我度日如年，每天都想逃走。

如此反覆摺疊數日，腰痠腿麻，某夜床榻上的我一個輾轉，有什麼似乎打翻：遠處溪石打鼾，近處鼻息雷鳴，所有的聲音同在。沒有吵鬧的彼端，此端也沒有靜默。

「是這樣啊，」這閃瞬的一念推我回到溪石喧囂，鼾聲在耳邊的寮房。

是這樣。

隔天老和尚上座說，不要怕啊各位，這邊妖魔鬼怪都別想進來，我們有龍天護法。供桌上的酥油蜜味不絕如縷，坐墊上的我心裡起了一個畫面：寺院的上空出現一球防護罩，像個巨大的蜂巢包覆山谷，在各自的巢穴中，有人靜坐，有人想念山下的所有。

夜裡來了一個夢：老家後窗闖進來一個鬼，一把攫住父親。禪七結束回到家，方知噩夢發生的清晨，父親被送去加護病房，一個月後往生。

半年後寺院再辦禪七，為了這個夢我再次上山，揣著問疑，我想要到一個說法。

那回禪七辦在夏季。夜裡幾隻驚噪的蟬，從山的這頭唧唧斜飛過山，牠們在謳歌黑暗？解七後我上前問老和尚，人都到了這裡，哪裡來的噩夢。

眾人大笑。老和尚不發一語，算是他的回答。

隔年入伍前我又去了一次禪七。寺院在埔里建了禪寺，夜裡從寮房的小窗望去，明月當空，大山在平原盡頭。老和尚那回提前解七，分派法師主持小組座談，師父們紛紛說起出家的殊勝。

「這裡的出家眾好莊嚴啊。」

被師父看出是個愛美的，「你光頭也很莊嚴的。」

我會剃光。我說：我要當兵了。

我沒有走入教團。很多問題的答案就是那樣。困惑的是，答案與我們之間的距離。或者說，該拿答案們怎麼辦。這個，五百年前有人說：「知而不行」，在這個坎上，只是不知。

對於世間起過厭離之心的，於「相信」這事的追求，常常起了強大的執念。這是教團興盛的契機，也是人們遠離教團的原因吧。禪七給的，是夏令營隊的甜頭。光是「自皈依僧」這一關，我做好「放棄自我」的準備？領了戒牒，披了僧袍在山裡住下，跟出了本詩集就是個詩人，有什麼本質的差別？

許多年後，貓姊和我路過留在萬里山坳裡的那寺院，它變小了，山後的大殿寮房一片野草。寺院後來受一連串事件波及，經各路人馬一查，當年倚著溪聲在萬籟中睡去的寮房，竟是壞了山林水土的違建。該還塵土的，終歸了塵土。

佛陀說：「就是這樣，就是那樣。」（《金剛經》：應如是住，如是降伏）有時花兒一摘，連話都省了。

佛陀後來要走，弟子們問：「沒有了老師，怎麼辦？」

不會再有第二個佛陀了。

南朝有個庾亮入寺院，見佛陀脅臥的涅槃像：「這人渡眾生累了。」這話說得貼心。沒有佛陀，仍然有依了教法，一回一回操練給徒眾看的：「就是這樣，就是那樣。」

這其中有多少路徑呢？走到那朵花的面前的每個人。如果這是問題，也是答案？

幾年前老和尚圓寂，眾弟子列隊送行。新聞台鏡頭掃到兩側，哭得最傷心的幾個，都是當年跟了師父，如今年近古稀的僧尼。尼師們出家前的軼事我略有所聞，在百業待興的年代，有些自幼失怙，無人栽培，靠撐持一個攤位，一弁小店，成就了夫家兒女，一朝幡然，前半生登出，遁入空門。她們送的，是一個如父如師的長者。

世紀末的最後一天

阿妮塔帶賈樟柯《山河故人》來。螢幕一起頭一片黑，遠方海鳥的叫聲，〈Go West〉音樂一出，女主角趙濤領一干男女跳著不怎麼時髦的舞步，左右上下，十幾人接成長龍，滿屋子繞圈。「那種舞，」阿妮塔大笑：「我年輕也跳過。」

電影從一九九九年除夕說起，汾陽的年輕人聚在小鎮活動中心玩樂。〈Go West〉朝氣、振奮，很匹配晨操的動作，叫所有的人挺胸抬頭，大步向前。

故事講的是趙濤與兩個青梅竹馬的感情。趙濤擇其一為偶，後來離了婚，小孩跟前夫去了澳洲。

電影的後半非常斷裂，起初以為DVD壓片時走鐘，接了不相干的貂尾，直到那個不會講中文的年輕人開口，才會意他是趙濤生的汾陽小孩。家鄉在記憶裡褪去，他幾乎要忘了母親。這是二〇二五年，平板電腦的造型像一片透明壓克力板。

「一九九九年，」阿妮塔說：「歲末那一天，我們在做什麼？」

九二一地震那年。我們在某所私中任教，折騰、協調近一個月，學生被安置在一所中學寄讀。新教室隔一面鐵絲網就是籃球場，從早到晚，穿運動服的吆喝、奔跑的喊聲穿過網子，拍打緊閉的窗玻璃。學生忙著追蹤每一顆「砰」上鐵網的籃球。不甚寬敞的校園來了數百個外校生，一同擠校車、排隊福利社、上廁所，看來看去怎麼可能順眼。

最麻煩的是球場。校園的場地（洗手台、宿舍浴室、桌球室……）跟社會同一個規矩，搶在前頭的先贏。或者讓學長先，其他乖乖靠邊。我的班幾次搶到下課的球場，卻被國三的混進來攪局，終於一群槓上另外一群。

照現場學生的說法，其實也沒有槓上，就推搡了幾回，兩邊惡聲相向，雙方人馬排開。見苗頭不對的奔去找管理組長，還沒動手，濕答答的十幾個被拎進家長懇談室。依該校管理辦法，鬧事無論輕重，先填一張B5大小的「違規行為紀錄表」，學生一長排緊靠窗台邊，一欄一欄寫下人、事、時、地、檢討心得。最末一欄，導師必須通知家長到校，再由主任、組長、班導、兩造家長釐清原由後簽章，學生們道歉鞠躬，這個回合才算完結。相關懲處日後再議。

類似的事件不下五六次。家長下班有早有晚，我在那樣無聊的時刻，老想起地震來的那幾個瞬間：嗯嗡出聲的樓牆，頭頂搖晃的吊扇、嗑嗑敲碰牆壁的掛鐘，傾倒的水瓶、碗盤、書冊，桌布下緣滲漏的水滴，在地毯上爬出一片水漬。那些收在眼底的恍惚悄悄浮現，慢速播放。

因為是特殊時期，分配不到專業教室的課程，學生待在班上輪流講笑話，開完班會又開班會，還有，寫測驗卷。活動受限的十四歲的身體，日復一日在教室裡聽聞球場的跑跳聲。

美勞、家政課還是有的。其中的一項勞作是，學生們領到一塊嵌上背板的木片、四條鍍金鋁框、一袋小碎石，依圖案設計，將碎石黏在木板上，成一幅山水，蝴蝶或貓，再加上邊框，如此花費數週。我在美勞課後的空檔走過窗邊，學生們專注低頭撿黏碎石，擠一丁點白膠，一顆一顆黏在板子上。

我走進沒有鬧聲的教室。「什麼時候回去呢，老師？」孩子問我。

世紀末的最後一天，辦公室收到消息：評估通過了，龜裂的球場、花台已壓實填平，校方趕緊在空地搭建鐵棚，權充校舍，下學期就搬回去。為求慎重，消息暫時壓住。也許是歲末惘惘的時光催促之感，中午小憩醒來，阿妮塔遞來報紙，「世紀末日啊。」

角落的幾間教室爆出鬧聲。學生們知道了。他們也在掩藏這消息，歡叫聲忽高忽低。放學後的回收場，上百幀碎石拼貼的相框，與參考書、瓶罐歪斜堆放成一座小山。阿妮塔和我各撿了一幀。我拾的是一隻肥胖的熱帶魚，牠一直擺在客廳的木櫃上。

阿妮塔其實弄錯了，《山河故人》設定的一九九九年是農曆除夕，跟陽曆的歲末，不是同一個時間。電影的最末，汾陽下雪，趙濤孤身一人，牽著她的老狗，來到古剎外的荒地，起舞弄清影。

〈Go West〉再次響起，音樂回到最初。上字幕。二〇二五，片子裡的趙濤已是皤皤老婦，二〇二五轉眼來到。

點歌時間

1

潘越雲出了一首〈一次幸福的機會〉，若干年後，星光幫許仁杰重唱，阿妮塔和我才恍然：還有沒聽過的潘越雲。偶像出歌，是人家的粉竟疏漏不察，該說這不算歌手的黃金曲目？或這個粉其實老了，當初與偶像勾牽而必追之而後快的：簽唱會、CD、海報，曾幾何時，已不那麼上心了。

大多數的歌入耳，不需太久便淡了。除非它出現時，恰恰與周遭的情景搭上，來了個想都想不到的註解。早年電視台有個節目《藍白對抗》，歌手趙曉君唱〈怕開始一個錯〉，四個小孩同母親圍住飯桌邊看，邊包裝電鍍廠送來的櫥櫃門把，趕深夜十一點的貨運來載。

歌詞最末一句「我們都要淹沒」，母親停住手中的裝訂機，呆呆望著電視：「淹沒？不就死了？」

阿母，那個叫情歌。

聽說一首歌「經不經典」，與聽者多巴胺的分泌有關。年輕的腦子分泌的這個質素，會把聞歌當下的觸動推往記憶深處，種在那裡生根。沾一點領悟，扯多少黏縛，去到旋律與歌詞掀開的祕境，獨立彼處，遇見了另一個也在那裡的人，共看明月，聽它千遍。

到了一個年紀回頭（不妨自問，最近「有感」的流行歌是哪一首？這歌出現的隔年，約莫就是青春的斷代分野。有人再見我的愛人恰似你的溫柔，有人如果雲知道剪愛，分手快樂我難過），曾經多巴胺豐沛如一江春水的，只道當時是惘然。什麼叫痴心絕對，誰都別笑誰。

十五歲那年，阿妮塔說，為一個體育老師哭了幾回，是潘越雲伴她度過慘淡時光。〈無言的歌〉，〈守著陽光守著你〉，〈野百合也有春天〉。她以為過了這些，再不會有俚曲謠歌來亂她的心。畢竟是個，愛或不被愛都不甚明白的年紀。哪裡知道十九歲來了〈動不動就說愛我〉，除了歌動聽，也為了才唱紅這歌便匆匆離世的歌手。阿妮塔恍然：我的青春還在啊。

2

有個同學中年之後對聲音異常敏感，視嘈雜之地為畏途。有天他想通了一件事：如果對聲音敏感，怎不去找些喜歡的聲音呢？天籟之類的。如果說眼睛是靈魂之窗，眼神能透出這人的內在狀態，那麼聲音是靈魂的煙囪。這人的性情寒暖，看這煙囪冒出來的就明白了。

流行歌從五七言：我是一片雲、何日君再來，某年某月某一天、偶爾飄來一陣雨，漸入長句雜言的吞吐呢喃，隨旋律百轉出綿密幽深，或沉重激亢的鋪陳。早年的羅大佑能敘能議，抒情與搖滾兼擅，助眾人耳界大開。〈鹿港小鎮〉在繁華與落寞之間躁動嘶吼，至今仍為城鄉母題的有力註腳。二十年後，南京的李志北漂，車廂中反覆聽羅大佑〈牧童〉，蒼茫隱約的小品，不算膾炙人口的歌。長長的去路窄窄的座位，有一雙耳朵，把一首歌聽成一個容身的洞穴。身邊的手臂挨擠手臂，招搖的氣味、煽動的咳嗽，再也與聽歌的人無關。

也許我們曾經這樣：一支曲子遇見一個天堂。

3

國一的音樂老師是個精神抖擻的老嫗，每回音樂課必來這招：風琴漸彈漸緩，她老娘豎直脊椎，放高音直衝腦門，「嗚喔——」瘦脖子撐高一頭赫本捲，滿室嗡嗯歸來吧蘇連多，夏日最後玫瑰，散塔露琪亞，召喚變聲的男孩隨她魔音齊飆，唱超乎音域的歌。這課若是在鄰班，同學們每每置一空杯於桌上，靜看隔牆的狼嚎震得茶杯發抖。期末那陣子老師瘋迷〈楚留香〉，臨時改變測驗曲目：只能唱課本外的流行歌謠，民歌情歌皆可，童謠愛國歌曲不准，選〈楚留香〉額外加分。全班有半數唱不來流行歌，「國歌、國旗歌總會吧。」老師半是無奈半是揶揄：「不要給我來〈夜襲〉、〈勇士進行曲〉。」

有一個同學唱〈鹿港小鎮〉。

「什麼歌？難聽死了。」

同學很是惱怒：「是妳不懂啦。」

羅大佑早年的情歌，隨便找幾個五六年級生默寫，學校沒教，誰都能抄出一長段歌詞。潘越雲的聲腔讓羅的情歌湧向大街，流過小巷，成一代草偃風行的靡靡之音。

羅大佑自己也唱。蓬鬆的鳥窩頭，大墨鏡後黑魆魆的鬼氣，唱畢往後台一沉，整襲衣衫一縷輕煙。你不屬於我，我也不擁有你。春風秋雨海誓山盟他都冷冷地。

潘越雲膾炙人口的幾首，鋼琴或吉他的和弦之後，有什麼便拿出來，或出之以宣敘，或吐之以詠嘆。〈愛的箴言〉，〈無言的歌〉，〈野百合也有春天〉。潘早期呢噥的聲腔有橫斜之影，翻唱〈西風的話〉，清淺之姿浮動暗香。又似坐著一個「日晚倦梳頭」的人，百千纏縛，無語無解。李安《飲食男女》有一幕，清早鄰居對麥克風嗯嗡，是潘越雲〈無言的歌〉，一雙男女引吭「是否與我同行，與我共度那未完成的夢」。好好的假日哪。小姑獨處的楊貴媚搬來兩只冰箱大的喇叭，音量轉扭到頂：貝多芬交響曲，回敬那對歡悅的男女。你們不讓我上天堂，我陪你們下地獄。如此演繹一回台北小民的日常。

近二十年前在中興大學見識過潘越雲出場，吉普賽披披掛掛，珠翠一身，像株迎風搖曳的楊柳，又似千帆望盡，顧影徬徨。其聲可以舞，不必繞梁音階，身可以舞，何須楚腰小蠻。不似同期的蘇芮一迸裂爆發，可以哭天可以搶地，遍地金屬質感，電子音樂的屬性夠，很好做聲光效果。

潘的服裝風格，不愛其穿戴的，說她「把路上撿的都弄上身」，「怎麼這樣穿呢」。YouTube 有當年潘上電視的版本，〈野百合也有春天〉加〈愛的箴言〉，目色像深度近視，迷茫迷離，睫影垂簾，四顧無法定焦，把羅大佑的詞曲搖盪發光，小船燈火岸邊遠逝。

羅的情歌多自憐的陳詞。旋律夠的歌謠，詞是海上浮藻，隨浪湧浮沉，無法太認真。有些陳詞已深入曲的魂魄，無法兩分，縱然不盡如人意：「愛是沒有人能了解的東西，愛是永恆的旋律」（都說沒人能了解，怎又強作解人），也已是無可更替的，時代的愛情的典誥。

「愛」這個字，用唱的就不那麼噁心。詩歌就要看人說。「愛」能在流行歌裡氾濫。「真理」兩字出現在歌詞裡，就很違和。

但是，〈野百合也有春天〉第一句詞就怪了。「欸，彷彿如同一場夢，彷彿、如同，不就同一個意思？」阿妮塔問：「你改作文，至少要刪掉一個吧。」（有人這樣聽流行歌的嗎？）

他就是想強調嘛。

話說回來，常常是把一首歌聽到出油的耳朵，才挑得出這種骨頭。荒謬的世界總有些荒謬的樂趣。羅大佑都這樣說了。

〈痴痴的等〉，哀處開出一瓣幽蘭。中有一句：「我曾經幻想我倆的相遇是段不朽的傳奇」。潘於「朽」處撐破些微，沒在錄音室修掉，或許製作人也愛這樣一個不意撿到的劈岔的驚喜。

羅大佑的版本有唱有誦。能唱是天分，能誦是另一種。時下的歌手多能唱不能誦。演唱會中場硬是要跟台下乾乾地「夠嗨嗎？」「我愛你們」，是教主與粉之間的濡沫狀態。

4

到了〈一次幸福的機會〉，怎麼說呢，覺得潘〈野百合也有春天〉彼時的搖曳風姿、韶麗之景不復尋覓。潘的鼻音偏濃，稍一厚重，便增哀豔呢喃。〈一次幸福的機會〉不知怎地，她的心神不太在那個歌裡，〈愛的箴言〉、〈野百合也有春天〉可以從很低很微的，落花獨立的彼處現身，是潘最神的時候。到了〈一次幸福的機會〉，她有些急，聲音的後面彷彿在說，跟你這種的還是快點分一分吧。

後來翻唱〈一次幸福的機會〉的都有分數。口水歌眾聲朗朗，因此更膾炙人口。像〈最重要的決定〉這歌，傲嬌的假掰的婚禮，誰都難免，一唱成就感、幸福感都足，如眾菜入鍋人皆可食的涮涮料理。創作人夥同初唱者攜這歌來世間，沒把它的表情做足做滿，留了大片空白供人轉圜發揮，是一種美德。

〈最重要的決定〉、〈一次幸福的機會〉皆陳小霞的曲。早期陳寫給自己唱的，〈異鄉的雨〉之類，像城郊渡外的溪埔邊，雨夜隱隱的螢火，怎麼唱都不暖。後來寫給梁靜茹〈瘦瘦的〉、陳奕迅〈好久不見〉挨近了街巷，多少冷暖未眠的心思，一個陽台傳過一個陽台。

蕭敬騰的第二張口水歌選了〈一次幸福的機會〉。蕭的聲腔鎔金鑄鐵，閃爍外放，撕裂處猶帶雜質，挾泥沙俱下，然氣力飽滿，裡外貫穿一瞬之間，符應了時代的脈息。首張口水歌〈夢一場〉、〈無言花〉，口碑不差，第二張很快就來了。

蕭的〈無言花〉是，你要認得是他，才聽得到他。可嘆他之前有江蕙。不聽台語歌的朋友有天聽聞江蕙的〈無言花〉，放下手中的書，轉身尋問聲音來處。

「這誰唱的？這個人是誰？」新世界開啟，一整個進去。

在路上

我疑惑那是怎樣的打開：有幾次我搭上朋友的車，長長的靜默伴著冷熱不調的話題，車子在未及更新的地圖，社區與社區的巷弄曲折之間，駛上意味不明的小徑，恰恰是廣播裡的那首歌來了。一首許久未聽見的，一不小心就洩漏隱衷，猜想這主播的年代或許與你重疊，你和他同在一條河流中，讓他帶領，和許多的過去相遇。

某段旋律讓你想起某些事某個人。聽歌是進入另一個世界的窗口，通往魔法世界的月台。主持廣播的委實重要。他講他的，簡單勾提幾句，不吵人不自嗨，然後爽快進歌。這樣的相遇不是沒有，但不能期待。開車的人眼觀四面之餘，他其實也在神遊。副駕的那人也很重要。「往這裡，往那裡，」一路指指點點很煞風景。握住方向盤的那人常進入半開悟狀態。某個玩重機的朋友說，後面那緊緊抱住油箱缸的可以是不同的阿咩啊，但風馳電掣的瞬間，你會清楚這個抱「對或不對」。記憶會回來找你。「興來每獨往」常常是聰明的態度。

如果風景泛泛，路途尋常，那麼駕駛需要的是安靜，一些驅趕睡意、排遣無聊的音樂。這些穿越潮濕混濁的空氣，黏貼窗框的葉片觸動了你之後證明，你總會遇到對的音樂：原來我們的心還有空隙，容納一首歌的風息。因此你聽得特別傾心，所有的紅燈聽命於你，意志延伸每個車輪。有時車子恰恰駛出了頻道的邊境，切進電台的那歌戚戚嚨嚨泛起毛邊。美好的遇合常常不活在你的意念停留之中。

還沒有藍牙的年代，提姆幫我找了一具名片大小的MP3，儲歌約莫數百首。喜或不喜，汰除更新，全憑己意。小器物連接一根通往喇叭的電線，我反覆聽到後來，喜歡的感覺跑走了。「這很正常。人就是這樣，」提姆說：「難搞。」

提姆是二十多年前教過的學生。那是個台中郊區突然冒出的，沒有光榮的歷史，也不知未來如何的新學校。學生們很寶，有的超級能睡，有的跟你說百來步外，九二一塌陷的民宅那邊，有個腳不著地的鬼魂，每天中午穿過惺忪的陽光，來到飲水機前喝水。

有的考試作弊。被抓到學務處，「你看見我偷看幾題？兩題？那我還你四題。」學生跟抓他的老師說。有的上課喝酒。桌下擺了兩瓶空罐，在學務處一臉紅通通：「被抓到的這一瓶，都不冰了。上一節的比較好喝。」上一節的老師在幹麼？上一節是我的課。有一個女生，喜歡別輛校車上的男生，每天校車開走之前，兩人偎在那男生校車的最末一排（十分鐘的戀愛）。全車盯著司機走到最後面：「同學，這樣可以了喔。」

這事終於傳到學務處。兩造家長見面的那天，據在場的老師說，女生的父親看了男生一眼，「妳給我丟這個臉！」朝女兒的頭臉一陣狠打。「你打死好了。」父女都用足了力氣，幾隻會議桌腳磨出軋軋的號泣聲。

有天下課，「別看有的靜靜的，」某同事靠住二樓欄杆，望著遠方的球場：「這些學生，性格很烈的。」

提姆在他們班很能睡，走廊上遇見不怎麼搭理，卻是畢業後十年，接到他的電話。「老師真的是你。」當年應學校要求，老師必須留手機號碼給學生。十年後他從床下清出國文課本。

我們聊得很順，之後約在市區見面。若不是他招手，我幾乎認不出。他那時開一輛改裝車，烹痴烹痴的電音，整個人卻有一種清澈。是眉目打開後看得進去的五官，清澈底下透出滄桑，具體的事件不明。

這種車在中南部不算少見，卻是第一次坐上。跟散步的老先生手掛一台收音機，走到哪都要昭告世人同一個意思。一輛車就是一個陣頭。提姆說，這處處鬼遮眼的怪路，驀地冒出一條鬼影，如此性命交關，卻誰都沒在跟誰客氣。來者若是三寶，「那更該提醒他生人迴避。」宮廟平安符不如電音管用。抱歉了，不常路過的地方，人家不會知道你是誰。

然後聊起當年課堂的「創意寫作」，就拈幾件隨手可見的事物：板擦、粉筆、掃把、垃圾桶，二十分鐘寫個百來字的短文，無須起承轉合。忘了是誰，他寫垃圾桶：

我是垃圾。跟許多沒人要的東西塞滿桶子，放學時讓值日生提著跑到校園角落，摀住鼻子倒進黑暗的環保車和更多的垃圾一起。但是值日生，我又跟著你手上的桶子回到教室了。因為我是口香糖。

也提及當年的某些老師，哪個有被好好愛過，儘管現在的他（她）們單身。你們怎麼知道。

提姆很愛聽沒有手機的年代，人們如何把自己送到心儀的那人面前，站定了，「你也在這裡。」往前一步，種種細節。如今手機是城牆。手機是觔斗雲。手機讓不可能認識的滑著滑在一起，又刪除彼此。手機幫忙生出各種隱微的觸動，無事生非的讚。讓認識的兩人從來離不開手機，在溫泉溪邊，在賣場，帳篷裡，朝自身的社群作態，滑出自己的虛擬值。

後來他換了正常的車，帶一個阿尼基南下，才知道他在日本住了一段時間。

阿尼基鬍渣滿腮，威嚴的小肚，家裡從事五金零件批發，提姆負責提包包，像個小助理跟前跟後。這回到了台北街頭，阿尼基遇見幾個朋友。大家都來了。對某些日本人來說，台北秋天的午後嘉年華，跟某些台人嚮往熱帶島嶼的意思一樣，提姆說。像是去到南方的歡樂之城，帶著朝聖、見證此生的心情，在無水的彩虹岸邊，觀看各色鮮豔的人魚。

遊行的隔天，提姆開車來我家門口，三人一同去西屯。阿尼基對此地超商的置物非常好奇，一列一列，一排一排，像是參觀博物館的陳設，細細參詳。我和提姆在角落小桌邊，說起當年陪社工系的女孩逛商圈，騎樓下零落的幾個背包攤販，「那個就是了。」我目光投向十幾公尺外，一個神色飄忽的男子，「他有妳要的東西。」女孩豪氣地上前探問：「老闆，片子怎麼賣？」「一片兩百，六片一千。」女生像是點三種冰：「泰國、日本、歐美，各來兩片。」老闆邊找貨邊問：「妳不會是警察吧？」又轉頭對我：「你也要的話，可以更便宜。」

誰教你一臉尋尋覓覓，提姆說。車子開上大肚山，我們聊到真崎航。東瀛甲片首席男優。和翻雲覆雨前參與的一方禮貌地：Douzo（請）。像是請對方踏入電梯還是就座。半帶羞澀半是邀請，之後似戲非戲地神鬼交鋒。「這是什麼文化呢？」

那是你有所不知。提姆說，多少人就衝這鄰家男孩兒淡淡的一聲有禮的問候，說不盡的性感。「他們就是這樣，」甲片的流派繁衍，都分門別類成那樣了，日常若不意撞見同事查看型錄，或掃過別人的桌面發現這個，說聲「抱歉」都太有事。心照不宣，不動聲色是上策。「他們就是這樣。」不信，你問後面那個。

阿尼基問起前面戚戚簇簇什麼？經提姆翻譯，「你怎麼跟老師聊這個啦？」照後鏡裡，阿尼基紅上耳根的臉頰兩球麻糬。

提姆從照後鏡遞出一個眼色，「這算什麼。」

有一小段時間，車上沒了音樂。番薯田盡頭的矮樹叢後方，白雲一簇一簇擦過發亮的海。我怎麼那麼鈍感呢。

和提姆最近一次見面已是三年前。手機的音樂可接上藍牙喇叭，大肚山此去十數公里，幾無岔路，向左向右，山景綿延，海色隱約。是莫文蔚唱的〈外面的世界〉。那個年代的情歌似乎簡單一些，「我擁有你」四個字倒過來：「你擁有我」，就是一個完整，一段過去。一首歌。

聲音真是奇妙的東西。樹就那樣，雲就那樣，一有了好聽的聲音，樹還是那樣，雲也是，卻觸動了很多的靠近。那聲音再形式化一些，就是音樂了。音樂不言說。言說經常摻雜著謊言。再美再動人的言說皆難逃這一讖言。

我沒在阿尼基那邊了。提姆說。

又說：不是你想的那樣啦。

然後來了一首〈台北下的雨〉。略經世故而帶著飲泣的敘事風，在這煙灰一層一層弄髒擋風玻璃的秋天，潮濕如此必須。怪了最末一句：「像太平洋的風一直擁抱台北下的雨。」

太平洋的風不是在巴奈、胡德夫的老家那邊？

「聽歌需要那麼沾黏？人家唱的，是一個感覺。」提姆說：「而且他是揚州人。」說起有一陣子他的夢裡，抽象變幻成具體：貨車後斗沉沉馱住一整幢社區的大樓，來到他賃居的小屋窗前。他小心翼翼靠近。那是困了他好一陣子的思緒。他認出來了，它來跟他道別。

喔。沒事的。

走完了大肚山，又從沙鹿這頭上山，月光袒露，萬戶窸窣。番薯田遠處一塊擎高的招牌，又有新店開張了。大肚山的闊氣是，誰都有整夜綿延的夜景，一路看到天明。提姆的車依舊開得很好，靜靜滑過暗處的遠山與燈火。

週記簿

有天下午，阿妮塔從包包拿出一本學生週記，中有幾行紅筆圈注的瓜藤牽絲：不想過冬，厭倦沉重，就飛去熱帶的島嶼游泳；離開舊愛像坐慢車，看透了心就會是晴朗的，沒有誰能把誰的幸福沒收……

「厲害吧我們班，失戀的心得這麼上乘，」阿妮塔：「整理一下，寄去唱片公司肯定賣。」

「這本來就是一首歌。〈分手快樂〉，梁靜茹。」

不知誰起的頭，有段時間老師們很愛朗誦學生週記（若是現在，大概會被撻伐：什麼？居然當眾念起學生的作業！）如果你知道，那是一個學期要出五回試題，改八篇作文，十篇週記，聯絡簿、訪談紀錄按時呈交的年代，老師們興之所至，輪番分享學生「出類拔萃，匪夷所思」的神句，是洗衣機滾轉的教學時光裡，多麼珍貴的片刻。

教書的前幾年，不斷被家長、上司提醒，與其說你在從事教育，不如說你該有的工作心態就是「被教育」。學生、家長、同事都是你的上師，愈是難搞，愈是你的無上師，你該全心俯首，甘為孺子做牛做馬，這個態度栽培得宜，謙卑到一個級數，也會有甜滋滋的感覺，待過道場的不會陌生。從中發展出來的世界觀，任何問題都是「教育的問題」：出言忤逆長輩，老師沒教好；桌面抽屜髒亂，老師沒教好；老師們去到餐廳大聲喧嘩，是老師的老師沒教好。

改週記，有個不成文的規矩：再貧乏無料的記事，總得想出三到五行的評註，七到八句，帶上一兩個正面的訊息。因為需要大量的評語，你不得不儲些備用的佳句、成語：「百尺竿頭」、「逆水行舟」、「滿招損，謙受益」，用在學習、人際、生涯規畫皆通，算是萬用型。但是，重複三遍以後，你會陷入某種難以言喻的悲從中來。作業簿往桌前一推，走往福利社瞧收銀檯小妹與舍監幾個回合的打情罵俏，痴望飲料櫃利樂包上的手寫字體。起身回辦公室，拿起紅筆，居然又順順地寫出三行五行。

再不行了，就偷偷請外出假，找一處連鎖咖啡店，成一棵安靜的植物，冷氣吹過音樂與吊燈，窗外一排欖仁樹，葉身密密叢叢，上千隻麻雀枝條上吱喳。櫃檯內收取單子一杯一杯按下鍵鈕，裝水，攪拌，覆蓋。那頭有相機調整蛋糕與杯盤的光線，桌沿四個角度各拍一張；這頭一邊觀看一邊弄出作業、考卷、評語、教學紀錄。偶爾打個小盹、發楞，下巴擱在書頁上。各行其是，各安其位。

我也會念誦這自說自話的三行五行，跟同事們交換心得。一點點勵志，一些些修辭，一絲絲無厘頭：天邊的雲亮了你也該醒了。陽光照耀的土地不該有獨自傷心的人。遇到瓶頸就聽平井堅吧。

順便互相檢查，若評語寫得窩心親密，多畫了一顆心，家長也會來問的。動了真心說了氣話，白紙紅字若要較真，被叫去質問這什麼微言大義，愈描愈黑不是沒有。偶有振筆疾書論起國政時局、情志激昂的作業，激起老師連篇累牘，與之交心筆談個兩三頁，這類的學生可遇不可求。最理想的，莫過於不痛不癢的雞湯話。不如說我們在娛樂自己，寫來感動且振奮了自己。

阿妮塔念完評注後說：「我都想當我自己的學生了。」

寫評語給學生，她真的有天分：毫無殺傷力的吆喝，意象與詞采聯翩，婆心是她，苦口是她，教室掃前掃後也是她。每每見她的學生捧讀批閱後的週記，我也很想當她的學生。

我們也會揶揄或挑剔各人習而不察的腐氣。什麼「這一代苦，不能讓你們跟我們一樣苦。」一少天真了，苦之為物，就像打地鼠遊戲，若從這端幫他們挑除，它自會從其他地方冒出來。從能量守恆的觀點來看，世間的苦的總量從來不變，不是嗎？

我們聊起養小鬼的電視節目。那種樓梯間起一座香爐，紮幾個紙人，念幾回咒，紙人小鬼四處探聽虛實，主人成了無所不知的腳色。

咦，這個不錯。遇到不愛讀書，也不太思索的學生，遂有了這一招：抄書。與其千篇一律的一週大事，不若叫他們找本有意思的，批改時順便吸收，原來我的學生在看這個呀。

有陣子很流行《生命的答案，水知道》。老師一邊讚嘆一邊愧慚：學生都知道的奇書，怎麼我沒聽過呢。作者似乎認為「萬物有靈」，舉了若干實驗作證：如果對著兩杯清水，兩盆綠豆芽、植栽，甲組每天聽莫札特，稱讚你好美啊，謝謝你；乙組罵他希特勒，王八蛋討厭你，一個月後甲根旺葉茂，乙凋謝枯萎。就算兩杯清水，顯微鏡下的菌類生態也有天壤之別。

這些例證告訴我們：讚美的重要。萬物需要被讚美、歌頌，石頭知道，樹知道，風知道，如果你深情的目光為他們停留，天邊的雲彩也知道。

這書被同事的先生知道，「太棒了。」介紹給他的學生。那先生教的是夜校，

「太扯了。」學生們傍晚從市場、工廠、作業間趕來教室，聽完後說：「搞不好是作者編的，有人就是這麼好騙。」

阿妮塔前年帶實習老師，學生的週記心得：我要好好運動，練身材，才能像ＩＧ網紅那樣受人喜歡。實習老師幫她提醒學生「練身材是為了強健心志，將來能為社會國家做更大的貢獻。」看得阿妮塔好生羞愧。同婚公投結束，學生的意見跟家長大不相同，週記揚言離家出走。

「沒有人願意為彼此的幸福而活了嗎？」這話我們只手機的賴裡說。對了，家長另有他們的群組，有些評語被截圖傳閱，老師這端不會知道。如此改起週記，過度認真或認真地言不及義，飛揚或張揚，同樣不宜。

阿妮塔嗜讀現代詩，偶爾傳來網路詩作的截圖。新鮮、曖昧、詭異、蹊蹺，不一而足。「怎麼有種似曾相識的感覺呢？」我告訴她，以前寫的週記評語，行數拆一拆，就跟某一類的現代詩很像吧。當年情意飽滿且帶幾分含蓄地讓學生知道，也許人生有這樣的一條路或一片天空（而又說得模糊縹緲），這個感覺，跟寫詩的心情互通吧？儘管寫這些的當時，心下只一個念頭：再撐半小時，改個五本，我又完成一項工作了。

於是再思慮枯窘、時間迫促，還是懷抱著：如果學生願意看到些什麼，在某個空白的時刻打開：你的午夢可有樹葉與樹葉交談的窗影？池塘淺淺的笑意？天空飛過的痕跡，可曾為你的悲傷停留？想想他們捧讀評語的專注模樣，也許我們都需要有人這樣跟你說話。

想要的生活

阿妮塔說，她早可以韻律服一穿，挺胸下電梯兩手肘作划槳狀，快步經過三個紅綠燈，幾坨狗屎散落的草地，同十來個姊妹就著公園的 LED 燈蹦蹦一串心，相思好比小螞蟻，「來嘛來嘛。」阿妮塔招我：「不用花你半場政論節目的時間。」

早些年她不是這樣。森林公園落成的那年，我們走經步道，廣場上一群花花綠綠的阿婆，愈跳愈逗的恰恰。「你聽見了？」阿妮塔走遠後回頭：「那麼晚了，跳這歌的意思？」林慧萍的〈情難枕〉。

更早些年，偶爾聚在一起聊到深夜，即使隔天辦公室仍要碰面。對於生活，我們還有很多意見。「如果自己當老闆，是不是就不用一早省道飆車，趕七點半的打卡？」

朋友中有一派信奉《商業週刊》的邏輯：前一百頁告訴你怎麼賺錢，後面幾頁教你怎麼花錢，中歐古堡與雪景要這樣玩，酒莊旅店怎麼揀選，京都（又是京都！）的啖蟹與賞楓的幾種可能……

有回學校進來一個芳療師，望了辦公室一眼，便瞧出這空間四大不調，尤其是「火大」。幾個同事窩在角落圍住一球芳療燈，聽她講解精油的化學成分，嗅聞薰香，跟隨指示調勻呼吸，不多久眉清目爽，語調柔順，像誦了三天三夜的佛經。末了你訂半箱，我買數盒，沐浴乳、香氛包、滾珠瓶，整個下午塗塗抹抹。

同事K說：她不過是想用一種味道，壓制另外一種。她指的是香水。有些歐洲帶回來的灑在潮濕海島的身體上，連三堂課下來，不會太美好。過度侵略或趨於隱晦又四處沾黏，性格裡的各種細瑣，這下給香水顯影了出來。與之相比，精油單純而親民，冷杉就是冷杉，乳香就是乳香。

阿妮塔不玩這些，是不進入狀況的那種人。去到咖啡店，店主說這批豆子帶幽蘭香，那杯有莓果香，眾人邊喝邊稱是，「明明就沒有啊。」不明白眾人點什麼頭。覺得都是心理的暗示。什麼上帝說要有光，就有光。人是上帝造的，你要信了就信了。而事實上，無論上帝在不在，地球有沒有人，光恐怕還是存在的。

我只買單品精油。冷杉就是冷杉，乳香就是乳香。我很難接受從玫瑰、雪松、岩蘭、土木香、洋甘菊身上萃取，塗抹或薰息內服的，最終交到顧客手上，成了調和過的樂活、舒緩、活力這些名目。除了分類非常混淆之外，名目太功能性了，一點美感也無。

學校旁的百貨公司樓上有家咖啡店，每款咖啡都掛上文學的名目：珍奧斯汀的莊園（喝了有講不完的八卦？），川端康成的古都（會有美麗的邂逅？），海明威的清晨（這，感覺不怎麼吉祥）。問服務生命名的根據，也說不出個所以然。

這倒是為我們開啟了「精油的可能之道」。咖啡與文學這般勾連，精油搭上星座、節令，與詩詞互通款曲，誰曰不可。季節或性格的阡陌可以是指引，也能是牽制，兩造之間不盡往返，互相浸透。意志薄弱，何妨來些百里香、黑胡椒；情場浮沉，天竺葵、薰衣草可當苦海方舟。在那裡沉溺，在那裡救贖，是片凡聖同居士。若闖入文學場域，更可發揮興觀群怨的治療功效。與其說摸懂了精油，不如說這麼一攪和，開發了詩詞的感受能力。鎖清秋的深院，能用上幾種品類的精油？乍暖還寒最難將息的寂寥呢？

是靈芝瑤草還是見性菩提，怎麼發揮隨人自在。這是毫無根據的浮說游詞？可有學者考證孔子塗香，克里希那穆提也是精油愛用者，有心靈宗師背書，且溯源有據，如此名目辦起研習課程，只怕報名者趨之若鶩。大家一起研讀陶潛〈停雲〉、李義山〈燕台〉（詩題多美），揣摩詩旨之餘，或可根據詩境的濃摯淡漠、高遠或朦朧，搭配精油，恍兮惚兮，深深沉浸，境界、神韻、格調諸說，詩派的途中紛紜不休的，這下找到了回家的路。

精油就是有這個好處。就算沒兜攬上顧客，成天上下一身香，憂生憂世的情懷全擋在門外。某同事說她去過幾次精油大會，四面八方的成員，一臉殊途同歸，全體沐浴清香，跟法會沒什麼兩樣。

「而且還能幫你找回『當下』。主事者像個教主，不用假仙披上道袍，」同事某回塗了精油，精氣神飽滿地建議，「若是冬天研習，得找升爐火的地方圍坐，且要呼喚山林，又要直見本心、避開車馬喧，這研習只能在太魯閣、馬拉邦的深山裡辦。」愈說愈嗨了。

這個創業話題我們光說不練了一陣子。再更早一些，我們想到賣茶葉蛋。往清泉崗的自行車步道剛開通，阿妮塔說來我家的路上，瞧見步道邊一座倉庫，「問屋主肯不肯租，開店應該不錯。」

我們連夜奔去實地考察。路上走經一間又一間上千坪的電子廠房，「如果我嫁到這邊，不知如何。」阿妮塔說：「看看我帶的班，管理員工也是很持家的。」真是荒涼啊，整條步道猶是一條雜草遍生的荒徑。但想起明天的上班那更大的荒涼，這裡的荒涼是自由啊。

「難道只賣茶葉蛋？」

「我只有這個被誇過好吃。」

「這麼晚了，」我說：「回去吧。」

不出三年，倉庫前後，黑輪香腸、雞蛋冰的攤子都來了。阿妮塔說茶葉蛋這品牌，在南部給阿婆、警佐們搶了先，「他們跟茶葉蛋葉比較搭啦。你很難想像塗精油的貴婦買一顆茶葉蛋或飯糰吧。」

我們走近那倉庫，跟黑輪老闆聊了起來。「這樣怎麼能活？週一到五賺工廠的錢，假日來這裡放小孩自己玩，」老闆回頭吆喝：「不要走太遠。」才四五歲，小孩子的三輪車一溜煙鑽入步道的遠方。

阿妮塔：「我是不是把問題想得太簡單了？」

輯三　溫泉雜想

溫泉雜想

我一個人坐在溫泉裡。這是旅店後院的一泓幽泉，偎著山隅，以群樹竹籬掩翳，竹籬外是旅店的迴廊。風雨在山坳之外，時而從頂頭的樹梢，拋灑一盆冷雨。

颱風真的來了。沒有因為前一個剛走，下一個便留情。若再遲疑，風雨先一步遮蔽小城，這該如何是好。在姬路早早結束了行程，前往城崎溫泉。

列車奔突，切入一座一座山谷，跑得比颱風快些，沿途有斷枝殘柯，到城崎的前一站，火車不開了。風雨開始猖狂，冷肅的雨線漫天拋飛，月台上各種驚疑。遠處的鐵軌來了一節車廂。

前往旅店的交通車上，一個旅客提了滿袋的壽司飲料，張望窗外說，天氣壞成這樣，若風雨吹歪了門窗，這一帶可否有收容旅人的體育館，寺院的菩薩座下躲上一宿也可。

入住的是老店別館，在溫泉街深僻處，磚屋木構的二層莊舍。服務生站立簷下，這個噓寒問暖，那個折傘收鞋。幾乎所有人取消的旅店，成了一人獨遊的祕館。

換上人家的拖鞋，就當是別人家裡作客了。從院後的溫泉返回房間，隱約聽見翻書的聲音，在庭園的另一側。睡了片刻，館舍上下巡了一回，果然有間圖書室，收了不少畫冊圖鑑，與所有的房間共朝一個庭園，然這書室的窗景尤其會心。

書冊浸著年歲，若干書刊印於昭和初期，保存得極好，有舊紙張的爽颯氣，許是主人的收藏，特闢一室分與來客。膝上捧著竹久夢二，冊頁上的美人兒，從晴好的遠方走來，且慵且睏，一身浴後的清香。

我常覺得旅店的書不是用來看的。近年時尚旅店的書房，表演的意味濃（收列的書也是，各種概念化的生活），傳統旅店擺放的《聖經》、佛典，幾年前在南台灣某地，乏極，入房後小睡一陣，有某物在室內的闃靜處，一時惶然。轉頭瞥見抽屜縫裡的《聖經》，遂取出置於電視櫃上。「那個」就走了。

這事我後來跟朋友說。「你住的一定是某間旅舍」，他也會請抽屜裡的聖書喚「那個」離開，各種繪聲繪影。「那種感覺，體會過的就知道。」

颱風不走，誰也走不了。遂守著房間，靜聽風雨，把旅店前後一圈一圈地逛。咦，館舍人員哪裡去了？他們也藏得太好。門有兩道，窗有兩層。夜裡飽含水氣的草葉，庭園的燈色與簷廊的幽翳之間，蟲聲濕潤。曲折處嵌有小陶瓶花，壁龕窗櫺的凹槽摺痕，或進或退，引逗目色。能看的事物真是不少。

午湯，迎迓洗塵。

夜湯，靜肅歛神。

晨湯醒身。

古哲人說：抽足入水，不復前水。同一個身軀出水，抽身再入，一回一回鬆懈負荷，不復前湯。日本有個家庭醫學的節目，如何治足肢冰冷、調和自律神經，浸多深多久，幾度的泉湯最宜，都有各種實驗。

有個旅遊達人拜訪的名泉不計其數，然某次浴後形神委頓，乃驚覺他人卸於泉池中的濁穢，為己身吸附。這是精於遊樂者的負擔吧。吾輩粗胎凡夫，將塵勞盡數寄託泉池，才不枉千里迢迢。有人拋付，有人接通，總體來說不增不減。

深田恭子演過一齣《鬼之棲家》，寄於溫泉旅店籬下，女將鄙之如奴僕，終日指揮詈罵，種種苦勞的集大成，就是深夜客散後，喚她清洗浴池。

某年跟學生在京都約見，從打工的日式旅店過來，「累啊老師，」學生說，旅店的每個員工「不停找事做」，只好跟著擦抹灑掃。而某些地方的來客，告示牌明擺在那裡，中英日三種語言：「這個只能看不能摸」，百般的講不聽，也是累。唯一消除累的時間：浸到大浴池裡。

「那種感動，」學生說：「真實得無與倫比。」

旅館的晚膳常耗去宿費一半，其澎湃繁麗，鋪陳一整面長桌，是旅宿之精華。食物的品相，若依平日的咀嚼習性，會覺得：是在吃什麼呢，肉兩三片，菜兩三葉，然入住到了這會兒，正是一掃舊習，來到置換慣性速度的高峰，最終改換了呼吸與覺受。啊菜這麼香，蝦這麼甜，這湯這肉，這輩子沒吃飯過似地。吃著吃著，或許就走去了覺察之道。我於吃食本就不精通，除非在深僻山中，不然於街坊小店尋吃，反而儉省自在。

一覺醒來，颱風走了。落葉滿街，溪流滾滾，途經街上馳名的溫泉老店，庭園清掃人、修剪枝葉的匠師、靜候客人上車的司機，各就其位。幾家民藝店敞開，有個作家說山陰面（日本海一側）的神龕頗具規模，進出幾戶店家，果真如此，有的與人等高，鏤框層層深入，站在門邊一望，神龕彼處似廊院深深的小寺院。

公共浴池仍對外營業。有家御所之湯，前庭屋瓦飛簷，迴廊立柱，堂皇氣派，太有儀式感。後院藏一幅谿壑山水，溫泉從岩壁汩汩而出，簷下流水飛煙，潺潺泠泠，起造者在視聽之娛這事上，足足下了功夫。

旅店不遠處的山邊，有座溫泉寺。稽首禮畢，倚著寺院的長椅小坐，身體之內，身體之外，暖意層層浸透。水泉裡有的，這裡也有。

溫泉，以水的形式呈現焰火之心。三十年前冬夜遊陽明山，過了山頂，霧氣深濃，車行緩緩入山坳深處，一個轉彎來到馬槽。接近零度的氣溫，公共浴池一窟冒煙的泉湯，巴不得將這水抱個滿懷。那水泉勁道十足，幾番嘗試入池，左腳不是，右腳也不是，此時來了一隊憲兵，由班長帶來洗浴，幾個人將大池一杓一杓攪弄，泉湯柔潤了些，才堪浸浴。憲兵隊一走，水溫又陡地升高，不時有人扭開牆邊拳頭大的龍頭，冷水啵啵灌入，誰都想弄出滿意的水溫。

池面千絲萬縷。大面的鑿空石窗外，草氣腥濃，滿山強勁的硫磺味。陽明山、北投一帶的泉溫偏高，浸潤其中，像在練功。池邊偶見靜坐、伸展、嗝氣、敲打的各路來客。浴後若回到市區，衣服上的氣味，這人方才去了哪裡，清晰再無可辯。

有段時間我迷上野地宿營。聽說南投深山有個紅香溫泉，攜了一冊地圖，幾個朋友連夜探訪。沒有導航的年代，迷途了好幾回，久久才出現一座路標，「趕快悔改」的標示倒是沿路不絕，不知什麼意思。穿過一片峽谷、茶園，途經一個村莊，來到一處森林盡頭。三四輛貨車歪斜停放的中間，拉出幾盞燈泡，十幾人圈圍摺疊桌，香菇竹筍、黑輪玉米、炒麵滷蛋，炊具熱食齊全，配著暗處溫泉的煙氣，與噗噗出聲的發電機吃了起來。

這，是夜市吧。他們從宜蘭或水里，做完前夜的生意，各走新中橫的兩端過來，隔天再趕往下一處市集。大家都很慷慨，挪出一處讓我們搭帳篷。又叫泡麵收起來，「留著回家吃吧，」分我們兩鍋吃食。

溫泉屋以簡陋的鐵皮、木樁搭成，男女兩池之間幾片棧板。因為暗，沒有一張臉看得清楚，也就沒了太多羞赧。

隔天我起得晚，前夜的貨車四散，朋友不見蹤影。我又爬回帳篷睡了一陣，初時來了極低極微的，嗡嗡唧唧的彈奏聲。也許是身體的某條筋脈，嗡嗚嗡嗚，如一隻脫殼的蟬。他想窺看帳篷外的陽光，聽溪流撥弄山谷，與他們同在一個節奏裡，與我不即不離。我不管他，我睡我的。

和歌山記遊

1

有點特別的一年。不能出國，聚會停辦，有些人的心與眼起了不一樣的收攝，有些則群集於寄寓懷想的社群部落：「總有一天，還要……」「那年春天，我們在……」種種，貼昔文，翻舊照，去年此日，前年此時。

「這下好了，」阿妮塔滑開埃鳳，打關鍵字，立馬秀出千百幅人比花嬌的美照。「在往常，旅行中觀看上一次的旅行，真是別樣的滋味。現在出不去了，」有多少證據，就有多少感懷，「難道我的回憶都不算數？」

我寬慰阿妮塔：某年初夏訪伊勢志摩，淡季的價格，二十五度C的微風，一人坐擁松林海景的房間，走廊盡頭是溫泉。豈知半夜神經發炎，終宵輾轉，睡不著的床榻，是孤舟，是愁城，只能夜聽浦外的鷗鳥吶吶競啼，為一顆蚌蛤，為牠們的生計。什麼松濤海風，都成了黯風吹雨的淒涼伴奏，我只能捱到天明，出門訪藥局。更不說途中可能的各種拂逆：東西貴了掉了，天候違和，航班取消，失意與愜意，只是換個場景，在每個不意中伺機出場。儘管如此，上傳美照或故作自嘲以招眾人之樂，這樣的心還是有的。

旅行／移動的過程，身體一再經歷陌生與新鮮。雖然陌生的地方不見得新奇，常常它們只是個人潛藏心念的蔓延，深層嗜癮的釋出。我們的自樂悠遊，一次一次沉溺在慣性的固著之中。到倫敦，以兩指捏住鐘樓，拍一張；巴黎，奔在半空飛踢鐵塔；進了伏見神社，集體抱柱弄姿，再拍一張。蛋糕甜笑，海灘夕照，大致如此。會心處不必在遠，若起了返觀之心，尋常的自家街巷，水果攤很慢的荔枝，黃昏市場的吆喝，回收場邊長歪的木瓜樹，也能予人玩興的滋味。

都說旅行能轉化僵固的大腦迴路，根深柢固的舊習，更須旅途的新鮮來破。

這個意見，可是經過專家認證。接納新的元素，孵化新的視境。那個「新」是什麼，也許當下無法言說，待某日浮現心頭而滋味不絕，這樣的情境也是有的。

徐志摩〈北戴河濱的幻想〉，詩人因眼疾不能出遊，在廊前馳騁神思，藉夢幻泡影，顯世間諸相。形軀之拘執，拴不住野馬騰空之漫想，書齋斗室，猶可於眉睫之前，捲舒風雲之色。《華嚴經》：「心如工畫師，能畫諸彩色」，有時我們的心駕著觔斗雲，南北遠近，往返隨意：有時偏造自己的反，眉頭卸下了重擔，心頭又扛起千斤。有時夜半起身，從茫昧的夢中歸返，才醒覺又去了邈遠的某地，來時如煙，去似朝雲。

2

數年前一趟和歌山之行。和歌山離關西機場不遠，是旅行考慮的主因之一。中午出關，午後三點已在旅榻，古城與城外的町居在窗外，遠方綿亙的丘山與隱隱的海。小憩後遊了山城一圈，下班的居民往車站匆匆行去，完整的一天正要開始。清晨在台中，手機裡猶有未讀的訊息，此刻身置千里之外，已讀的爭論還在。尋常人事這樣一對照，頗生奇異之感。

和歌山是關西諸縣中，唯一人口移出大於移入的縣份。山城的初夏滿眼新綠，與他城的綠蔭相較，規模不算大，然有成片深林的掩映，建物的新奇突兀、館舍磚道的陳舊或路上障礙迭出的工事，都成了蒼翠大景的細綴。許多時候只是坐在長椅上，等候班車前來，走動的人與他們的聲音隱隱穿過。

安靜。外人對於日本空間常有的感受，尋常出入的人們或許不覺得。和歌山城盤桓三日，去了高野山，看了八代將軍的紅葉溪庭園，貴志車站訪貓。在貓咪彩繪的車廂裡，每個人都弄了自己喜歡的裝扮出門，終站一間喫茶店，信徒們謁見佛祖一般，見到那貓便笑了。

貴志的回程下錯車站，站前鋪著一畦一畦田疇農舍，溝邊幾色波斯菊，有幾分像苗栗銅鑼，實際地名則未知。幾百步外的神社前一座木構石砌的茶亭，角落牛馬雞犬的木雕，與其他木凳交錯放置。這類信眾所獻的雕飾生動可親，反覆看了幾回，班車又過了。

之後的幾日在熊野川兩岸徘徊，往詣熊野三社。本宮大社藏於山中，火車接駁公車須費數小時，請飯店櫃檯託送大件行李，輕裝往川湯溫泉。

公路在溪流的兩側崎嶇，熊野川從白雲深處迤邐而出，蜿蜒成一條青色水帶，時而面左，時而向右，化作千百面水色凝碧的小湖。綠燈那頭駛來對向的公車，陽光掃拂楓樹的新葉。

公車停在一處荒廢的操場，乘客下車舒展。操場邊的緩坡下方，溪流捎來滿山涼風，一對老夫妻回頭，他們來自德國。手指一株大樹問：Sakura？

仰面朝滿蔭的綠樹看了一陣。

我們下榻在一家舊式旅舍，應門一個老女將，通往房間的走道傾斜，角落置一籃備長炭，床榻的緣廊邊，洗手台陳舊，公共浴室小池氤氳。隔壁有人剪指甲，一家說話的聲音。聲音很遠。遠成午後的假寐裡，來不及指認的夢。

旅舍離本宮大社六公里，途中看不盡的野花。走了兩個鐘頭，指標仍然顯示：六公里。上了公車，足足又駛了五六公里才到終站。

本宮大社原建於熊野川畔，明治年間大水淹了神社，乃遷請眾神上山，原址一片密林，名「大齋原」，入口聳立一座黑色鳥居，氣勢壯觀，如凌霄寶殿外的南天門。

下午六點，遊客中心已關，牆外看板的上欄表列神社源流，與下欄的世界史對照。西元十二世紀，整個世界史只陳列一句：朱熹誕生。

明治大水後一百二十年，熊野川再次氾濫。晚餐的咖啡店窗邊畫一橫線，與鼻尖同高，標註當年川神到訪的形跡。牆上裝幀多幅大水的照片，商店大廳泥流四溢，沙發上的狗與豬屍沿街漂流。涼風從窗外的川邊吹來。

這裡的夏天黑夜來得慢，杉林頂峰聚了些雲氣，野鴉在高處啼。暮靄四合的稻田中間，大齋原在那裡。

我們就要踏入神的居所。

3

天色一暗，山谷就黑了。旅店外的熊野川靜靜流著。夜很深很深，幾百步外的另一幢飯店透著光，走往那亮處的路上下了一陣雨，夜的雲霧攜來一片空山。

溪谷幽靜。這十疊大的床榻，落地窗邊的緣廊下方，檜木箱溫泉滿溢。夜的香氣如縷。

那智清瀧回想

紀伊半島向西，遙指奈良深山，自古即眾神徜徉，百鬼生息的薈萃之地，往東北連綿至伊勢，低谷為海，丘山為嶼，盡頭之外山水聯翩，巉巖激浪，鷗鳥船帆，成千百幅灣中有灣，東瀛最大半島的濱海勝景。

為了訪那智瀑布，火車從新宮出發。列車太長了，差不多的林相不見得每次新鮮，陽光直射的那一側轉瞬來了海景，驚詫未及，復漸次沒入慌慌空空的隧洞之中。短暫的置黑。心情蓬鬆，濡濕的窗外，海浪烤出新口味的蛋糕。下午四點，來到那智勝浦。

那智勝浦的車站過去，就是漁港。遊輪緩緩駛離，對岸山邊的旅館如大艘的陸地之船，風靜風涼之間，送來陣陣潮香。商店街休息得早，移工三兩成群，走往街尾的餐廳。

往那智大瀑的公車，就在火車站前。隔天搭了早班公車，不出半小時，瀑布隱隱現身。幾年前電視介紹那智瀑布，多話的主持人一路隨參道的石階喘吁而上，再回來鏡頭前，整個不疾不徐，神清氣爽。遂想也許某天，我也去到那瀑布前？

層疊的杉林間公車回環而上，晨霧退散至青山背後的遠山，幽暗與深邃掩翳在樹林裡，苔蘚石階標示幾處古道的去向。原打算在參道口下車，同朝拜者拾階而行，幾個張望，已被巴士送到神社門前。瀑布在神社外的岔路那邊。

那智清瀧，日本第一長瀑，從巉巖懸垂而下百來公尺，以千萬鈞之勢摔落，半空散作漫天水霰，飄揚撲飛，奔赴亂石成縷縷涓流。遊客們一同仰觀，手機高舉，飛瀑輕煙清洗塵面。

壯觀的事物恆常是這樣：當你親臨現場，總是被更多的細碎牽引，小心翼翼、瞬息的意念都是這細碎的一部分。萬念俱現，萬念成灰。矛盾與合理在這片大景之前，生出許多趣味：瀑布形跡雖舉目可見，卻難以網羅全貌。處處有鬧聲，亦處處歸於寧靜，整座山是更大的我，我是更小的一座山。誰都是這巨大神靈前的一個小物。如此看了一回，又看一回。任誰在位移與角度之間反覆取相，怎麼抓取「現場」，都是徒勞。俯仰，匍匐，驚詫，靜默，與同觀的眾人緊緊挨近瀑底伊喔出聲。就這樣。

到得原來無別事。

那智山中有座觀音道場。下坡的幾處山坳浮出太平洋，公車裡望著湛藍水波上的漁船，若從海上遙望白色長練，是一尊淨瓶觀音吧。

歲暮初寒，來了一個夢，比黎明早些，比中宵遲些。浮藻擱淺沙岸，海鷗鬧騰滿艙，我在海上，撲面有清寒，月光伸長頸項啜飲海水，恍惚有美妙的樂音。山的那頭一縷白練凌空而下。

明月滄海之間，那智清瀧重現。祂從山谷深處起身，站立於山頂，祂在沐浴洗濯，也在俯瞰這山這海，搖曳的小船。在大塊噫氣的沉靜裡，遙遙吐露清光。

當時公車駛離那智山，從彎坡處瞥見滄海而生的，漁人與鯨豚同看明月懸瀑的這一念，輾轉勾留，從記憶裡拈出一點鱗爪，夢中起身獨舞。祂走了我才明白，有了什麼來過。

這不意而來的同場加映，成了不復記憶的許多日子中，淘洗出來的事物了。

主人不在家

——訪佐藤春夫宅邸及其他

離開新宮車站，沿主街走一段就到速玉神社。速玉是熊野三社之一，不若前兩者（本宮大社，那智大社）壯觀，廟堂說大不大，林園說小不小，寧靜清幽，非常怡人的公園。佐藤春夫的宅邸，在神社外的巷內。

等了十分鐘吧，管理員從二樓下來。大門到長窗，用了許多拱形，斜頂的兩層洋房，妻入式玄關，地板黑黃二色，鏤空的起居室，屋頂一座巨大扇型燈罩，從二樓迴廊俯看，牆龕長桌，壁爐榻几，事物各歸其位，明亮溫暖。

去過幾處這類的紀念館，來客稀少，應門的多半是上了年紀的志工，守著宅邸，平日清掃庭院，擦桌抹椅，沒訪客時找個角落讀書寫字，月初辦場讀書會，小小的客廳，會來的就那幾個。幾個也就夠了。門鈴響了，代主人出來應門，遞上說明書。若他本身就是這批文字的愛好者，而若叩門的也跟他一樣，說起主人的故事，和筆下的故事，「你也愛那個腳色那段描寫啊。」熟得像家人。

想想這作者在世時，他的家人未必知道這些，也未必對於作者的這些，有那樣耐煩的興致啊。

說是拜訪一個主人不在家的朋友，有些一廂情願。然平日若去了友人家，酒酣耳熱之際，誰的言不及義或言詞越了界，話不投機或中傷了誰，客散酒醒之後的私訊裡嘀咕：那人怎麼這樣？「我們這裡說就好，別讓他知道」，這樣的情境也是常有。而被議論的卻從來不覺呢。

這樣想來，至少我們讀過一些主人的文章，識得他的生辰死日，癖性與罩門，他亟欲讓人知道的，不想讓人知道的，「你也跟我們差不多嘛，這種事也在操煩。」讀者品味之餘，而起了共感之心。當年死神的欄柵放下，完整地框限了作者的一生，各種解剖敲挖的探索，得以全面鋪展。那或許是與作者同一時代的友伴們，有了限制與顧慮而無法展開的觀看。從這個角度，作者獻祭了他的一生，自傲光明幽暗卑瑣都無所遁形。他成了被觀看的人性標本，透過他的書寫他的人生。

夏目漱石當年到熊本教書，四年之間搬了六七次，後人當他空海一般的腳色，哪年那月遷到何處，紀錄甚詳，熊本市猶有一處他的紀念館。這類的空間若沒有經費挹注，靠志願者的一瓣馨香，大概是得以撐持的核心因素。有人時接待，無人時灑掃，說來有些荒郊野廟的淒清況味。與其說經營，不若說是護持。紀念館門外，有個捐獻箱，來客盡興了隨手一掏，這樣的美事也是有的。

幾次見寥落的寺院外的地藏，年深歲久，面目斑剝，笑窩裡說不盡的漁樵故事，一整排石雕共享路邊的一束野花，緣分盡了，就灰飛成野苔塵土。「好可愛啊，真想抱一尊回家。」也就是看看。

Netflix 有部義大利前總理貝魯斯柯尼的紀錄片，傳主帶領攝影機，穿過庭園宴會廳，一一介紹自家收藏。這人居然有林布蘭、提香的畫作！無怪乎他那樣招搖後，再跟來者炫耀這誰贈送的獎盃獎狀，就要惹人發笑了。貝氏老覺得家裡遭小偷。

佐藤的宅邸小，然不顯侷促。下樓時桌邊的管理員叉住手打盹。如果他嘗過這裡是自家的滋味，大概也同意訪客暫當這裡是自宅，隨意優游，然後，也許就摸到了：寫作者的文字後面，春意闌珊、月上西樓的某夜，孤寂或傲氣，仍留在房間裡。

那個晚上，他為這樣的事煩惱啊。

佐藤的宅邸為後來新建，神戶的谷崎潤一郎宅邸「倚松庵」也是。都不算是當年生息俯仰的那個「現場」，然房子會活出主人的性情。同樣擺出幾櫃藏書，一本挨靠一本排列，谷崎櫃上的書脊硬是比佐藤的挺。同為寫字人，谷崎就不若佐藤親善，雖然照片上的臉是圓的。

前幾年訪谷崎「倚松庵」，浴室有個五右衛門浴缸，很尋常的舊式澡盆。見到那直徑三尺餘，下方柴燒的釜甑，遂跟阿妮塔說，若《西遊記》羊力大仙躍入的油鍋也像這樣，這谷崎一生嗜吃，不知煮起來如何。

「一八八六年，」阿妮塔滑了一下手機：「他屬狗。」

阿妮塔有回和學妹來玩，聊及某間神壇料事如神，詣求者趨之若鶩，整個神桌開辦起來像事務調解委員會，入冥界幫查三世因果，下地府探問往生公婆，「好忙啊。」學妹雖起了這心，然不敢不敬。雖說是自由捐獻，加持圈、平安念珠一類聖物銷售不差，算是經營有方。然神明也是有脾性的，有回信眾摳摳問事業婚姻，求神駕跟累世冤家談判做主，那負責辦事的案前大喝：「轉去問妳翁婿，上個月伊出差，半暝做了什麼。」

滿室大眼瞪小眼的男女。

這，明明放到小說裡「小小地說」一說就好的，這下子變得很有事了。日本的神社正殿恆常閉門不開，結界之地不容凡人探頭探腦，我們也習慣了。畢竟是神的世界啊。

為信眾排難解紛的宮廟眾神，祢們有煩惱嗎？看信眾邊問邊起疑的那副德性，或趕去觀落陰的途中累了，誰來體貼祢們的心呢？

把宮廟與文學同置一處來看，便生出了一個共通的問疑：我來找你（翻開你的書），我能得到什麼？如果我花了錢與時間？

這就碰觸到了某個心理現象：若宗教「代辦」的面向被過度地傾斜、側重，映照了集體心靈的狀態，那麼對應到其他領域（出版／教育……）的呈現，也算是不宣之祕了。

看看文學館裡「供」的那人，有的偷人妻妾、有的一再為情所苦，有的愛搬弄同行是非，還偕同讀者鬧自殺。一個一個莫名其妙，甚且是性格上有著嚴重缺陷。或許正因為如此，才讓人覺得可親可愛吧。誰喜歡跟終日端坐在神壇前的相處呢？

而有的甲與乙，竟為那種事鬧成這樣，或根本沒什麼就鬧成了那樣。外人不會知道他們倆怎麼了，只怕甲與乙也不知道發生了什麼，需要驅遣那樣的文字來相互撻伐。虛虛地褒讚幾句，倒是容易察覺。即便大師的手筆，也騙不了讀者的法眼。

關於人性歧異幽微這些面向的探索度愈高，是一個社會成熟的表徵吧。

太宰治在世時，很受年輕人歡迎，三島由紀夫頗不以為然，去太宰家當面說：「我討厭太宰先生的作品。」

太宰治答：「說這種話，還到這裡來，應該是喜歡的吧。」

三島「討厭」背後的心理，太多人討論了。誠實，哪裡是嘴邊說的那一回事？

鎌倉文學館某年夏天展文學家的「字」，太宰與三島的字被置於相距不遠的玻璃櫃裡，觀者嘁嘁喳喳。這樣吵雜的日本展館倒是少見。文字作為承載藝術的媒介，與繪畫、漆器、陶藝、刺繡或其他工藝相較，「念頭」的運作似乎特別旺盛。陶藝家的博物館，觀者的呼吸都入了甕缸瓶罐的氣海之穴，走著逛著，腳步就輕了。

（這是寫字的人特別需要運動的原因？日寫五千言的需跑個全馬半馬；從早摶土燒灶旋轉轆轤的，一整天灰頭土臉，到了黃昏，還會想穿運動鞋？）

鎌倉館前植有玫瑰百種，大者如碗，嬌者如盞，各花齊放，不主一尊，是花園，也是文學藝術的國度象徵。

谷崎一生頻頻戀愛、遷居，像換穿衣裳。隨筆《陰翳禮讚》，光是新式燈具電器這些，便足以惹他惱他，看來是個難搞的。這般難搞的住不慣此處而企求彼方，想來也頗符其情理。有些寫作者的心性難以調伏，世與我違的寡合之感特別強烈，即便陶淵明，欣悅時「眾鳥欣有託，吾亦愛吾廬」，頹喪則「造夕思雞鳴，又喝酒去了。

及晨願烏遷」的物質困窘先且不論，〈責子〉詩把兒子們一個一個抓來數落完，

志賀直哉也是個愛搬家的。廣島尾道的坂坡上，志賀曾寓居於此，瀨戶內海連山列島，水天清澄，絕佳的遊目眺景之地，然若要置放一個長篇故事的靈魂，奈良近郊那開列了數十面窗扇的百坪居所，明朗幽暗光色多幻，是個理想的孵蛋之所。《暗夜行路》有幾段主角日記的摘文，思索宇宙無窮、人類渺小這些惹上帝發笑的論題，為命運的局限而煩躁不寧。小說的情節脈絡或可在他處，在火車上網羅，然這深心湧出的無可如何的掙扎，置入小說，不能算是妙筆，卻洩漏了作者心底嘔出的呼喊，沙沙磨過紙面，一字一字，一行一行，竟讓我執拗地以為：這必然是志賀暗夜枯坐書房而生的獨白，是本尊與文字凝合為一，擺落虛構藻飾，直奔本心的自剖。

寫下這些文字的志賀，窗外盛放的椿花，來到這宅邸的我也看見了。

熊本的夏目，尾道的志賀宅邸，這類房舍日本不知凡幾，然是來這邊的主人點了題之後，居室便煥發了引人注目沉思的光。即便是間斗室。小說家王文興寫作之處僅一桌一椅，外人觀之如監牢；周夢蝶賣書的那路邊梁柱，如今走經那裡，什麼也沒有。

這個曾經把小如鴿卵的地球輕輕撿起，捧在手心的詩人，擇了一根梁柱擺攤，一坐二十、三十年。來往的招呼或不招呼，也是可以。那空空的騎樓角落，約莫是文學家留駐於世間的，最帥氣的居所了。

佐藤百年前正苦戀谷崎潤一郎的妻子千代，為排遣憂思，遂應友人之邀，來台遊歷。他的蹤跡與見聞，百年之後，是此地的文學盛事了。

昨日重現——訪河井寬次郎紀念館

「河井寬次郎紀念館」離清水寺、三十三間堂不遠，步行約二十分鐘。之前於倉敷大原美術館初睹藝術家的化身，碗公大的陶缽置於展廳中間，十幾步外一瞥，那就是，河井寬次郎了。

尋常日用的缽碗端上呵護備至的玻璃罩中，看在他的好友柳宗悅眼裡，不知做何感想。

柳宗悅說：「藝術與生活日用之間，該有著緊密的結合，不是用來賞玩愉悅的。」

不被使用的器物，養在櫥窗中，有了自己的身世座標，讓各種目光議論創造者與創造之物的美學、風格。他們是重金收購而來的「藝術品」。大門深鎖的夜，彼此張望，想念的是主人家餐桌上的笑語吧。

器物們一旦養出了精魂，聲息光影左右徘徊，便生出了自身的命運。平日形影相弔，顧盼自憐，走經他們身邊彷彿聽聞，極細極微的，幽幽的喟嘆。若與瓷器相比，瓷器常穿越了光陰，遺世獨立於時空之外，空無一物的展場乃其現身的絕佳舞台，眾鳥高飛，孤雲獨閒。以瓷杯奉客，客散之後，講究者置瓷杯於滾水中，再以巾帕擦拭，務求潔淨如新，不惹塵埃。瓷器常予人「何似在人間」之感。

陶器不是這樣。他少了天光雲影的縹緲，多了雞犬相聞，常民往來的可親。家犬吃完飯的陶缽，牠會出手撥弄，是陶器的切近日常。本該出於百姓家通聲息的杯皿，深鎖於展場的玻璃櫃中，也算懷才不遇吧。

河井的紀念館是他當年燒陶的窯房。繩簾低垂，戶牖半開，主人似在近處，趿拉木屐找鄰居修他的錶，東家西家串串門子，午飯就回來了。窯室闢在屋後最高處，磚灶依走道次第緩降，隈奧處置小神龕，爐窯邊仍日日焚香，煙篆裊裊，一點不馬虎。滅火器，不只擺在對的地方，也放在美的地方。最下為起居偃臥之廳。整個配置擺明了，屋後的泥窯是陶藝家的神殿，他不過是神殿的管理者，終日居處最下方灑掃接應，是這裡的僕人。

河井的來客或許有許多小朋友。起居室、長廊多置小靠凳、小藤椅。河井的形軀瘦削，精神飽滿，像個小孩童。

當年他這樣燒陶，也許還過著以物易物的生活。工作累了，攜幾片碟子踅至街坊換一瓶酒，兩升米。周遭鄰居的餐桌上，說不準有真品。他們日常喝開水的碗，或是當年祖父跟河井換來的。

朱天文年輕時，家裡來了個日本陶藝家，對朱西甯說，朱家收藏的器皿「只有一件是真的。」那其餘在陶藝家的眼裡，就是「假貨」了。

河井有件書法作品，「美不美不二。」「真不真」在他眼中，也是不二吧。

閒說張愛玲

張愛玲有篇〈重訪邊城〉，看文題以為她去了沈從文的湘西，一讀才知，「邊城」是台北。

華人世界的張愛玲熱，無城能及台北。去年逢張百歲，雜誌社找來寫手，連刊三期，用文字辦了三個月的法會，供起祖師奶奶。為文字而生的人，以文字遙祭添香，得其所哉。

張看台灣是孤島，上海、香港何嘗不是。她寫上海公寓，一逕濕答答，浴室、水龍頭、熱水管，梅雨時節的門前積水，牆根汪著水漬，斑斑點點的水痕，黃包車渡過白茫茫的護城河，碧藍的瀟瀟的夜，彷彿寫字檯前撐把傘。終究是自家巢穴，有自己的一份，小天地也能窺見萬象，賞不盡的新鮮適愜。

讀張愛玲，猜想她的窗夠大，然而房間暗，地板冰涼，進來的月色才夠好看。這個我實驗過，自家打一井天窗，七尺見方，果然月上中宵，地上一層霜。

張有篇散文寫洛杉磯，空曠乾燥，廣漠荒涼，以為她去到了月球。時間近乎停頓的緩慢，目光還是匆匆，掃過懶再回眸。雖然也寫了公路汽車，房子店鋪。公車站牌下的一行字，一個姓魏愛著一個姓戴的，年輕孩兒興之所至的塗鴉，費了她大半篇幅，簡直考古一塊史前墓碑。

張是一票作家的起家厝。她給的，早比她寫的多了更多。張給林以亮的信，當年文壇炙手的，她不暇一顧。阿妮塔頗為這開心：原來我倆所見略同呀。有種被理解了的撫慰。

我提醒阿妮塔：張愛玲可能生病了，吃了惹她煩躁的藥，閱讀的胃口才弄成這樣。

張和木心，都有教主派頭：一定質量的作品，前仆後繼的徒子徒孫。縱有庸常之論，教主說了算，如仙人打錯的鼓點，於凡人耳中仍是灌頂的仙樂。偶犯貧嘴，他人學舌，就是刻薄，欠掌嘴。住得離眾人愈遠愈好。如果居板橋永和，三天兩頭被捕獲，要此地的人拿她是佛，怕是難了。

且被拱成教主，底下必然有護法，有盜竊者。不善學的，學她的腔，一句月光，一句滄桑。八十年前的聲腔，此時此地哪裡堪用。

張來台北走訪的廟，也許在萬華，大稻埕。有尊烏漆嘛黑的神農引她莫大興味。想來有她原先見慣了的神佛，遂於這樣一尊，生出種種比附猜想。那股新鮮，似我們在看婆羅洲的祖靈。張也愛看人公車上打架。若今日她也上網，住台中，這類的影音夠她瞧了。

見了好看的花樣，就想裁來做件衣裳，合了腰身，就算自己的。她離開共產黨治下，恐是憂日後沒有自身可穿的衣裳，等於沒穿。

〈重訪邊城〉也寫及香港。不住地跟夜色計較，街道這樣黑，這麼暗，香港脫卻戰爭多年，偏安的小太平，水電無缺，早非當年三天槍林兩頭彈雨的圍城，張卻一路詫異：黑，暗。上海〈公寓生活〉寫電梯棕色的，紅棕色的，黑色的各種黑暗，也還是迷心撩亂。現下除了捨不得早歸，也是當年浮沉於最富色彩的時光褪了色，從彼處回望的此刻，怎麼都不明亮。

離港前不知何處飄出的一縷穢臭的湉氣，張執迷地嗅著。像追聞深巷樓台咿呀的胡琴，昔時來過而不再回返的，使人心酸眼亮的流光。

張的文字搭設的後台那邊，多的是東西。讀者像去到一處繁盛的園林，走逛一回，花徑怎麼鋪設，池泉如何布置，樹枝孤影怎麼呼應月光，回來一邊覷看自家花盆，一邊揣想那園子，就開通了。下回再過去流連，又生出新的看法。如此往復不絕。用張自己的話，「從兩行之間，讀出了第三行」，是「一生二，二生三生了萬物」的道理。

林以亮說張是作家中的作家。好作家都有這東西，張特多，處處盎然，無怪乎掘藏者夥，繼之者眾。她的〈炎櫻語錄〉，有人懷疑若干或是張的自語，推給炎櫻。有才者不愁無米可炊，分一些給別人也沒什麼。

常人習慣說寫作是「筆耕」，汗滴禾下土，字字顆粒撿拾，貫串成句成章。

村上春樹更硬，說是「挖礦脈」，穿透到堅硬岩石的心臟，泉源汩汩冒出，像是挖井，額前箍住一頂探照燈，下去再下去，直至無人能及的深淵。

早年的版本鉛印字年深歲久，漶出了毛邊細絲，成一朵一朵水面排列的字花，浮在昏黃的紙頁上。圍城、家國，百年過去，物事全非，張的文字仍在。張本想撒骨灰於空曠荒漠處，後來水葬。李永平、七等生也是，免去煩人的祭奠。來人想跟上的，就去文字裡推敲琢磨，所謂「精神基因」上的徒子徒孫。

學者們爭論祖師奶奶的「祖」字，從示從且，「且」是陽物之徵，「祖」字就是男人渴望肉身基因綿延的執念了。

阿妮塔家族有個長輩，晚年在外生了一子，遺言財產悉數給他，圖的是「死後有人拿香」，這一念攪得家族翻騰不休。說起這一廂的情願，傳了三代還有人祭奠，都算福澤綿長了。若問晚輩這墓中屍骸的生前行跡，只怕無人能說得半件。眾子孫立在墓牌前，也不及讀一篇小說的時間。

阿妮塔又聊起市場聽來的八卦：某家媳婦逢節祭拜祖先，只一盞碟子，擺一張千元鈔。春節兩張。拜完的鈔票買彩券，中獎機率一般。

阿妮塔見過那婦人，不像做這種事的。

「這誰講的，這事她怎麼敢講。她若沒講，別人怎麼知道。」

「看也不像是自己說的。」阿妮塔說。

所以，到底講的那個人是誰？

她造了一座小小的富麗的荒園。

美人，公子，前仆後繼的徒子徒孫抬她的鑾轎

咿喔咿喔學步，亭子裡幽幽的管絃。

她死後，有人在牆外：「是個寂寞的園子呢。」嘴裡這麼說，

又造了一個園子。

松本清張還魂小記

中學時，老家附近的戲院上映《砂之器》，是我第一次認識松本清張。電影費了大半篇幅鋪陳兇手譜寫的樂章，與刑警們抽絲剝繭的脈絡穿插交織，世俗成就已然置頂的作曲家眉目張揚，他的指揮棒一掃，戲院四壁砰砰作響，讓人對「劇力萬鈞」起了非常震撼的體驗。

開始讀松本的小說，我在台中近郊的某間私校上班，沒課的最末一節，騷亂與耳語從每個抽屜、暗櫃探頭，恰是讀推理小說的理想時光。數十輛挨擠於窄巷的校車一一駛入省道，我靠著辦公室窗邊，跟著松本布置的案局，悄悄垂降至人性的幽暗深井，念頭像水面魚標隱隱浮動：女子手中飄出火車窗外的碎紙片，南腔北調尋訪探查的口音，半島懸崖外的濁浪推移的陰沉天色，好好的一個人怎麼就沒了蹤影……遮掩的謊言與潛行推移的命運：地位，婚配，聲名，常常越過了幾個懸疑，校車走光了，「你怎麼還在啊，」同事過來敲桌，「你看書的樣子，好像戲院門口的收票員。」

神魔共臨的黃昏，從現實的細碎中脫略抽離，小小地馳騁於人性的荒原。松本的小說有著極強的「標註」力，這與他三兩筆即勾勒出動人的氛圍脫不了干係。讀者很容易置身腳色的情境，與之掙扎、沉淪，覺得走在辦案歧路的刑警、徘徊深淵的凶手眼前的窟洞如此近身，彷彿那走向萬劫不復的，正是讓文字嚙入心魂的自己。

有吞噬一切的命運，也有掙脫而出的意志。誰都逃不了越界犯惡的心思，躲不開千夫所指的目光。

讀推理小說，我習慣把現實與小說兩造同舉並觀：幾次看日本新聞，毒殺親夫的婦人、巷口砍殺鄰人的老伯，記者只遠遠拍攝對街窗景，取證幾個敷上馬賽克的路人言詞，再拍個當地警局的門面，若當事人現身，也只遠遠地。相較於台灣媒體近身欺上凶嫌鼻前，麥克風堵住半張臉：「你還有什麼話要說？」「你這樣是不是禽獸？」兩相比較，日本的刑事報導也太無聊。

回到松本小說。那些浮漚惡念一瞬現身的惡徒，瞧他砸下石塊、潑出汽油之前，倒也不是太壞的人哪，怎麼敗給了一個念頭之後，人生便一路愈走愈遠。種種人心唯危的勾勒讓讀者恍然，松本著墨於人性因地而綢繆開展的浮世圖卷，說他成就了昭和一代的警世通言，當之無愧。

這份繁複擬真且人性肌理豐厚的世界，恰是松本的魅力。也催動了不同世代的劇作者，讓一個一個優秀的演員躍入腳色，借戲還魂。當年主演《砂之器》的緒形拳已作古人，近期推出的版本，由東山紀之和九〇後的野村周平擔綱。幾乎當紅的一線演員，都曾在他的作品中現身，而堪與這些演員匹配的製作、周邊宣傳，也是箇中翹楚。

松本百歲冥誕（二〇〇九），到歿後二十年（二〇一二）短短數載，電視台藉紀念之名，掀起的影劇熱一再推陳出新，讓影劇人員去到文字描繪的深暗地帶，一一呼喚、變現足以匹配原著的影像。然松本幾部巔峰小說的時空（昭和中末期）距今已逾數十載，對劇組來說，要麼想盡辦法讓時光倒流、場景重現；要麼改弦易轍，將時空背景挪移至平成年間。前者如仲村徹、廣末涼子《零的焦點》，玉木宏、中谷美紀領銜的《砂之器》，從火車站體到服裝髮飾，居家擺設、街景招牌、光影節奏，其講求細節且讓所有細節撐起整齣戲的基調，種種「重現」的學問不僅是門技藝，更是財力與眾人功力匯聚的高度呈現。製作人、編劇、演員、幕後製作……算是作家最特別的讀者吧。他們除了各自用身段詮釋文字與文字之外的想像，又得交換心得、消溶歧異，讓所有的心思同在一個鏡頭中和諧無違。

從小說過渡到影劇，若不走「重現」路數，而把昔年時空改換至現今，未嘗不是一途。且「重現」這種吃力不討好的工作，稍一穿幫貽笑眾人（當年張藝謀的《英雄》，梁朝偉腳邊的那只大哥大，放到網路上，重看幾次悉聽尊便），倒不如就眼下時空來著墨發揮。谷崎潤一郎《細雪》幾年前重拍（中山美穗擔綱），便將時空遷延半世紀，挪移至阪神地震前的平成年間。米倉涼子主演的《獸之道》也走這一策略，小說中遭黑道角頭虐養而得勢的女人，靠男人撐腰當上旅館女將，到了電視劇搖身一變，成為叱吒銀座的珠寶店當家。這一改換，多了珠光寶氣鋪襯的虛榮更顯招搖，對白也更加生猛。當小暴牙、高顴骨的米倉掀抬下巴對男人說：「你敢要我的身體，我就把靈魂送給你。」俐落與狠勁一色，囂擺與風騷齊飛。幾齣松本推理劇的女主角（《黑色筆記本》、《壞傢伙們》、《熱空氣》等），找的都是米倉涼子。這幾齣電視劇尋來一個又一個古意優雅，頗適用於雜誌封面，寄託懷抱的和式庭園，在戲中不過是人慾橫流的修羅場，權貴鉅賈們在這裡褪盡衣衫，機關算盡。《黑色筆記本》近年有當紅的武井咲版本，然演得不夠「壞」，把心機這一回事做得浮露，她的笑吟吟與美豔便有些不明所以，連帶飾演議員的江口洋介只像個玩票的政治人物。倒是奧田瑛二與高畑淳子，兩匹老戲精為色為情而生之痴怨纏縛，演來老辣精準，是戲中一絕。

數年前造訪北九州市的松本清張文學館。巨大的斜面屋頂罩住建物，頗尋常的空間設計，似乎昭告世人，作家的生活多麼無聊。全館有趣之處，一是等身複製了小說家的書房，二是定時播放小說改編的影視作品。書房是作者以其筆墨供養讀者、孵化文字的巢穴，一列列迷宮般曲直不一的書牆，守護日夜朝虛空攫取可用之物的城主，書房四周以透明玻璃封得嚴實，好像透一點縫隙，松本抽了幾十年的香菸便如雲瀑傾瀉而出。

許多博物館為增添可看性，委外製作的影片，往往請來名人配音配樂。宇治的源氏物語博物館，就委由岩下志麻為〈浮舟〉一帖配音，將文字本體生出另一個美麗的化身。若文學館把松本所有改編的小說播個首尾，怕要費去好幾個日夜吧。如此改編盛景，似只有山崎豐子堪與比擬。

松本小說的女人有種與生俱來的頑強，她們的執念與緊緊牢握的痴怨，往往攀附男人而生。然也有極其淒美的女性腳色，如深津繪里、石坂浩二主演的《驛路》。在銀行服務幾十年的石坂，退休後瞞著妻子，與當年外派之地結識的情婦深津幽會，途中被深津的表姊設計所害。苦等情人不來的深津在刑警（役所廣司飾）誘勸之下，娓娓道出與石坂的私情。

《驛路》的電視劇本，乃向田邦子所寫。深津的腳色在原著中早已被害，向田將她還魂，改編為等待情夫的痴人。整齣戲至末尾，役所與深津來到石坂被害的湖邊，起出沉於湖底的屍身，絕望的深津回頭，湖面皮箱鬆開，幾十張跟著石坂一同赴約的，當年幫深津拍攝的照片，一一浮出水面。哀絕的深津回眸，凝視湖面的神情，為全劇添上動人的餘韻。

文學館角落的咖啡座有自動販賣機，幾組桌椅，書架上滿滿的松本著作。喝咖啡自己來，投錢、選豆、磨豆，恕不招待。木桌十六邊形，厚近兩吋，桌腳主幹少說半尺寬，可以用作支撐屋簷的梁椽。唐諾曾以 Volkswegan 比擬宮部美幸的小說，扎實、沉穩，不自藻飾，本色盡出。宮部被譽為松本的女兒，良有以也。

岩井俊二和《被遺忘的新娘》

在青春時期的演員遇見了岩井俊二，真是幸運。蒼井優如花初綻（《花與愛麗絲》），松隆子芙蓉出水（《四月物語》），柏原崇騎的那匹腳踏車，是走過少女窗口的白馬吧（《情書》）；若看過市原隼人之後的表現，不得不怪岩井在《青春電幻物語》留住了他的最好的時光。

岩井早先的電影，把「美」這一回事弄得太清楚了。紗簾的光撩撥窗邊看書的男孩，雪地拾起了捧在掌心的蜻蜓（《情書》），二樓俯視少女們的芭蕾舞裙（《花與愛麗絲》），美則美矣，然企圖過於「精確」，不免刻意。到了《青春電幻物語》，他開始搞破壞。撕裂剪接，粗糙拼貼，電子爆擦音媒合雜訊干擾的畫面，當年少女藤井樹穿雪靴滑過鋼琴與樹林的流麗身影，岩井不玩了，以前的他有多嗜耍浪漫，後來的他就有多殘虐。《青春電幻物語》，他「玩」壞了幾個男孩兒。不知有沒有漏看什麼，那個霸凌同學的壞胚子，原先只是個不好親近的耍酷少爺，去沖繩搭船落了水之後，他就壞了。這般魔性的小孩有點難以理解。

岩井這類不涉情理的轉折，不只一回。《被遺忘的新娘》，綾野剛起先破壞黑木華的婚姻，後來又扮起她的貴人，似乎沒什麼道理可講。在黑木華的婚禮，鏡頭走到綾野剛的臉，非常怪異的幾秒，說帥不帥，整個莫名其妙，這場婚姻也是。要說他對這婚姻有什麼忌妒的情愫，沒有。但那個表情被記下來了，這是電影這媒材很妙的地方。

片子拍了兩場婚禮。第一場黑木華是新娘，人家來看她結婚；第二場她來看人家結婚。兩場都講同一件事：想成為一家人，就必須欺騙。為了婚禮排場，臨時找幾個陌生人湊數，權當一家人來騙另一家人。常人於日常屢聞不鮮的八卦，導演拿來讓人會心一笑。如老公在網路上議論的那人，這麼剛好就是自己的老婆；或者鬧哄哄的婚宴上，大夥兒玩起手機，這裡拍那裡拍，喀擦喀擦。

黑木華在婆家睡到一半，給喚起來夜審。婆婆趕她出門，叫計程車送回老家，她邊哭邊打嗝。第二場婚禮，換她來假扮新郎家人，幾個串通好的陌生人離開婚宴後，尋了一間餐廳續攤玩開了，「我們真像一家人啊。」

黑木華和臨時認的姊妹 Cocco 又續了第三攤，在卡拉 OK 唱了森田童子的歌。她們倒像成了家人。

Cocco 的住處像個公主的夢幻城堡，高大鐵門花園小徑，寬敞客廳旋轉樓梯，魚缸水晶杯，各色華豔衣裳，她夢想穿上婚紗。到這裡是《花與愛麗絲》的 Part2，然 Cocco 是個 AV 女優，她拍成人片撐起她過這樣的生活。

城堡裡的仙女，原來是個神女，腳色安排頗合乎宅男的想像。這類拋頭露臉的神女，工作之外，過著什麼樣的日常呢？電梯裡鄰人打招呼會問：「下班啦」？超市買菜被工讀生認出？同學會上宣布：「請大家期待我的新作品」？過年拜拜，跟神明許什麼願？如果男友問起了工作的夥伴？

這些，在 Cocco 死後，綾野剛和黑木華捧著一盆骨灰，見到了 Cocco 那酗酒又態度惡劣的母親，算是觸到了那道難堪的咬痕。綾野剛先是掏出一捆鈔票，扣除朋友們幫忙張羅後事的雜支，一筆一筆，一疊一疊把女兒賺來的皮肉錢，整齊排放桌上，請母親點收。

那疊真是，電影場景裡最難為情的鈔票了。一般我們知道的皮肉錢，是拉起簾子來嗯嗯哼哼這種，這 Cocco 賺的，是給人品頭論足看光光，還糾眾票選挑三揀四論起排行榜的那種。

那母親發了瘋似地在來客面前脫個精光，綾野剛也脫，拉著黑木華一起脫。三人又哭又鬧。

黑木華是笑起來幸福可以加倍，啜泣也是心酸到底的那種演員。二〇一九年電視劇《凪的閒暇》，大概參考了《被遺忘的新娘》，又找來一個好人家的兒子，和他難伺候的媽媽一起欺負黑木華。

如果在冬夜，一隻老鼠

寒流來的晚上熱水沒來。水電師傅隔天過來，他拆下熱水器的外罩，「嘖嘖，你看。」冬夜的大風常常吹滅了爐火，這一層外套似的鐵殼乃必須，鼠輩在熱水器與外殼之間密密地築了個巢。稻稈、花生殼、枯葉塞滿，像阿爾卑斯山少女的祕密小屋，上頭「呼」地冒出藍燄時牠們仰面，屋裡那人洗著熱水澡呢，再燒下去那還得了，遂咬斷乾電池銜接點火器的幾絲銅線。這蛇貓不近、冷風不侵的鋼鐵城堡，真是牠們冬夜的理想居所了。

歲暮天寒，老鼠也要過冬，汽車的排氣管都能藏匿，想洞想縫是牠本能。〈詩經・七月〉：「穹窒薰鼠，寒向墐戶（清除窟縫燻老鼠，泥塗門戶塞北窗）。」屋內若進來一隻，夠你雞飛狗跳。夜裡我見過窗外奔過的鼠影，窗內穿衣對鏡的裝模作樣，牠們歷歷在目。也許牠們還想問，櫃上的杯盤你用過幾個？滿架的書你都看過？然而最吸引牠們的，還是廚房的吃食氣味吧，只顧著生存的，無法思索閒適優游的問題。我彷彿聽見牠們吱吱出聲：可以簡單，誰想要複雜。

有個實習老師告訴我，大學打工的總務處阿姨懼鼠，某天櫃子邊探出一顆鼠頭，猶如出現一頭猛虎，阿姨嚇歪了，急急奔回家裡，來電要他幫忙寫假條。隔天阿姨腕繫五彩繩，硬碟機貼符紙，說有驅鼠鎮邪之效，杏仁果塗上辣油置牆角，鼠道橫放數株仙人掌。如此布陣數日，阿姨喊他：「快，老鼠躲在電腦後面。」清抹整理半天，一隻螞蟻也無。

「真的有，」阿姨說：「牠跑進去硬碟了，你當然抓不到。」恐懼浸到深處，萬事萬物杯弓鼠影。不久來了一個新的職員，說這台電腦一直鬧彆扭，滑鼠怎麼弄，「游標鑽來鑽去，根本是一隻老鼠。」

上課講到〈赤壁賦〉：「天地之間，物各有主。」誰不是天地過客，想開了日日是好日。但我們不是蘇東坡，我們只能講蘇東坡。講完蘇東坡，仍得老實供養薪水的大半給日常食宿、隨之而來的雜支：通水管，除壁癌，換燈泡，抓白蟻。勤勞之餘，發現老鼠也在這營生耗費的居所之內，悄悄壯大自己，當起一屋之主。相較於這購屋賃室、早出晚歸之徒，日夜守候在此的嚙齒之輩，就窩居時間之短長而論，誰為客為主，怕是難論。

早些年的課本選柳宗元〈永某氏之鼠〉，百餘字寓言半節課講完，老師們各有法寶，或聚焦於柳氏描畫之卡通趣味（如原文「晝累累與人兼行」，翻成白話：白天老鼠們成群結隊，偕主人走在路上），或牽連其他生肖的成語，寓言補充，分組蒐羅老鼠文學，或反覆鋪陳八大家，也夠教個兩三節。精神不濟的午後，不妨來點驚悚橋段：求學時有家炸雞店一夕關門，聽說是顧客的嘴邊牽出一條酥脆的鼠尾，講台下尖叫，有的嚇到吃手。

這則「食鼠異聞」到了教務處，主任來問：「上課扯到速食店吃老鼠，會不會太加料了？」當年選文還有韓愈〈張中丞傳後敘〉，睢陽城的百姓連老鼠麻雀都吃呢。卡通《平成狸合戰》狸貓們七嘴八舌：「老鼠天婦羅真是美味啊。」鼠輩趺溺芡糊，與雞塊一併送入油鍋的傳聞，編劇八成聽過，才生得出這樣的對白吧。不都說靈感的泉源來自生活？這般旁徵了幾則教學與創作連動的實例，小小的課堂風波總算沒人再提。

我是個懼鼠之徒。有人怕壁虎、蜘蛛或蟑螂。怕壁虎的說，牠天花板爬著爬著，練起高空彈跳落在枕邊。怕蜘蛛的說，牠半夜一巴掌撲在我臉上，完全不會不好意思。怕蟑螂的，「牠手腳到處戚戚擦擦，居然還會飛。」

「怎麼會可怕。」我說起某夜一隻旯犽奔來床邊與我對峙數秒，牠自顧跳了幾步探戈，斜斜退到牆角，想來幾招伸展瑜伽吧。隔天牠死了，死在流理台邊，抱頭縮成一團，帶著羞愧的身姿。床邊那幾下手腳開闔的探戈，怕是牠生前最後的舞步了。而壁虎，似乎知曉與我尚能相安，鬧得再烈也無忌憚，光天化日一隻一隻像體操選手，拿門框與窗台練習甩尾、拋飛、發聲練習，整個客廳當作森林小學，偶爾我撿拾一兩尾壁虎屍，拈魷魚絲般甩入草叢。鄉下蚊蟲多，壁虎隻隻粗肥慵懶，那蹣跚拖拉進壁櫥的尾巴，乍看是條鼠尾。再說蟑螂與拖鞋怎會那樣登對呢，就像香菜與肉圓，豬血與酸菜一樣速配。

「既然要講，」不怕鼠的朋友說，「你瞧過捕鼠籠裡的小鼠仔嗎？好可愛喔。真想送牠到寵物店洗個毛蓬蓬的美容澡，結個領巾提籃上街。」「什麼東西？」另一個朋友制止：「你去問大肚山種番薯的，巴不得老鼠絕子絕孫。」

人們總為恐懼找理由。恐懼沒有理由。幫它找到的理由，常常為了掩蓋恐懼本身，逃離它帶來的不悅。我問過讓老鼠出門的方法，朋友說，有個學佛的親戚，請老鼠聽了一夜的普庵咒，「牠窗紗咬一個洞出去了。」

「這招也太文明。」我放普庵咒。牠也許愛上念誦的呶呶叩叩之音，更不想走了，幾天幾夜不見動靜。

關於躲藏、窺伺這些，再沒有比老鼠更擅長的了。家裡無人之時，牠像個員外出穴遊四處遊蕩，肩披一張舒潔衛生紙，在廚房的刀光盤影裡縱身，當成牠叢林遊戲的訓練場，遊樂探險的天堂（迪士尼的紅牌招徠物，是隻可愛的米奇呢）。再於冰箱後壁設下一窟，櫥櫃頂層尋一處制高點來盱衡全局，對同處一室的這個傢伙，鼠視眈眈地觀察他的喜好，摸清他的癖性，所有的祕辛全看在眼裡。

牠踏查出多條鼠道與鼠窟，需要拔腿奔逃的那一瞬間，活路在哪知之甚詳。牠穿梭於無印良品、歐舒丹、荷柏園四周，沉疑這做啥用呢好香；走過油瓶醋罐時鄙夷：很會餵養七情六慾啊這人。四壁之內安置的家具飾物，甭說牠好幾輩子無法理解，連屋內的這人，拿一座冰箱來說，每回清理這容量數十升的冷藏室，前後稍一挪移，多少舊物重見天日。長年封閉的暗室已長出自己的生態，有彼此能懂的語言，以各種冰冷乾燥的表情，蹭蹭對方身上的保存標示，盯著箱門開啟而亮了燈的瞬間一同靜默。那人取走白日放進來的可樂又復歸黑暗。這就是冷宮。

再拿吃食來說，再受寵溺的貓狗只需一碗一盆，這人一餐蒸煮炒炸，爐邊水槽桌上的鍋鏟瓢盆，走進走出端盤置叉，遠拍近拍手機上傳，吃了兩口送進冷藏或廚餘桶。牠蹲踞於暗處看這人終日如此反覆，聽他靠住話筒跟朋友嘆道：「人生喔人生」，這「ㄖㄣˊ ㄕㄥ」聽在牠耳邊，恰恰與飄過鼻前的肉末鹹香重疊，也許牠想：若讓我舔一口這盤上的碎渣，這人口中的「ㄖㄣˊ ㄕㄥ」我也明白了。

再以燈光為例。不算久遠之前的文明，人們暗夜起身摸去出恭，焚膏繼晷所需之光，一盞燭火足矣。如今為不眠之夜的精進或行樂，壁燈、嵌燈、檯燈、投射燈，營造氣氛、風水磁場的花樣之撩亂，上下鑽攀的老鼠最知道。且若試從牠的視角看一塊肥皂，根本是比拚世界紀錄的大胃王大餅，閒來沿餅緣琢磨嚙技，嚼出一條一條鍊狀齒痕，也許牠們還睡過洗碗槽裡的烤盤，在主人外出的夜裡，伴著沒清掉的乳酪焦香，做了幾個香甜的夢。牠喜歡聽砧板上爽颯的切菜聲？鍋鏟速疾翻過肉片與蒜末的氣味？

一連數日這鼠聲似有還無。是深根於執念而生的幻覺？才這樣想，夜深人靜，廚房某處傳來騷動。聲音真不客氣，牠真把這裡當成牠家。

我張望尋覓，一條鼠尾突露於冰箱後邊（喂你露餡了）。點上一截艾草條，投入隙縫，讓牠嘗嘗空氣汙濁的悲哀。

「出來，出來。」

腳下竄過一條黑色閃電。這傢伙，牠拚盡牠的氣力，任由我的恐懼騎上牠的背，滿屋子奔走。我回過神，所餘是惱怒。這人有多虛張聲勢，牠看在眼裡。張狂跺腳、砸杯毀器還得一一收拾，不啻一場冤親債主的爭鬥纏縛，下一回合依舊如此。

如此幾次目睹牠的逃亡，層層堆砌的空心磚書架真是太過理想的藏匿樂園，任牠一鑽一蹲都是棍帚不侵的吉穴。

跟同事借了一口鼠籠，久久不見動靜。有個說法是：鼠籠只堪使用一次，捕過老鼠的籠子，其他同類斷不再入，且置放鼠籠切忌出聲張揚。人們於籠內置鉤掛餅，牠們不見得看有，但人們說了什麼，牠們懂。

某夜老鼠咬了一地的益生菌膠囊，正驚疑這傢伙也學會養生，隔晨見壁架上的薄胎磁杯碎裂在地。我一邊掃除碎片，暗自稀奇這傢伙玩心之重，眼光之高。心疼之餘，環視爭妍鬥豔的杯器，從每回初見的愛不忍釋，到閒擱於架上生塵，多少挑三揀四的心思，如今捐置經年。這些懷才不遇的杯皿，夜裡私語著寂寥，品賞彼此的幽光，這是器物的自傷。老一輩說過，美麗精巧之物，若僅投以賞玩之目光，任其晾置一隅，器物會逮到時機自碎。哪知是老鼠過來終結了它的命運。

日常語彙中，老牛老狗的「老」字，那是真老，老鼠的「老」是個詞頭，即使幼小，也還是隻「老」鼠。若語言的用法多少洩漏了此物於人類心中的分量，老鼠與老虎是同一個等級，焉能小覷。卡通《借物少女艾莉緹》，於人間「取物」一向有去無回，靈感或許出自老鼠。躲在人類家屋暗處的小人兒，跟我們一樣穿衣打扮、有溫馨的家庭時光，讓觀劇的人起了同歡同悲之心，把看世間的觀點讓出去，由他們的眼覷看貓狗、昆蟲眾生，便見到了另一個，與我們同在的世界。老女傭捕獲艾莉緹的母親，掐住項背裝進玻璃罐裡，不過起了一點作弄之心，便足以使他們命運為之改圖，舉家遷徙，另謀他處。

或許鼠輩的世界也分智愚賢不肖。老鼠幼時目色之靈動，毛色黑中透亮，屏除成見觀之，有其可人之處。兒歌唱「小老鼠上燈台」，找不到媽媽，也會嘰哩咕嚕滾出逃脫之路。然鼠輩一旦健碩如貓，尾大皓呆，就人人喊打了。我聽過紙箱裡的老鼠，像個紳士發出穿衣戴帽的聲音，牠是在為日後演化到人類層級，需按時開會打卡，得空便預作練習？夜裡牠勤奮撕咬紙箱，盡一切所能搜查翻找，像個上班族辛苦地掙牠的吃食。相較於貓咪無事以抓花主人的毛毯為樂，老鼠只在固定幾處撕磨，連尿尿都是，憋住半天鬆了一口氣的午夜，溢出黑心醬油的刺鼻味，像公寓樓梯暗處的醉客，其酸騷雖惹人不快，若與男生宿舍的氣味相比，約在伯仲之間。

除了幽居西湖底的任我行，不知有誰專研老鼠的奔逃路徑？牠靜時像個老僧踞於某處入定，此人善惡都在牠明亮如豆的目光之中，如灶神遣於人間的使徒。

牠的每回看似無意竄出，其實演練到條條道路通鼠穴，懷著武士覺悟的心魂，每一出洞都是性命交關，遲速之間如雷如電竄過，嚇得你心慌杖落，大有禪師當頭棒喝之勢。有個朋友說，鼠輩嚙過肥皂的排列鑿痕，若蘊藏神祕符碼的楔形文字，也可視作現代藝術的範本。當兵時早點名，老鼠腆著肥肚，晨霧中步出餐廳，也許喝了幾口米酒，在全體肅立的部隊面前搖晃而行，活像伺察營區的長官。市場角落圈圍的鐵柵內，豬仔與老鼠各自搶食攤商拋出的菜葉殘渣，鼻頭相對噌噌出聲，日頭赤炎炎，好一幅萬物各謀其生的太平景象。野貓一近，群鼠齜牙而鬥之，「團結力量大」的道理牠們也懂。一朝落單，也有被貓狗追到一頭撞牆的笨鼠。據說鼠媽有捍衛家小的習性，這與學校門外的家長們為了小孩打架，不啻是同一模式在不同物種上的行為拓印。也許在冬夜，在人類未知的地下窟洞或陰溝深處，有牠們的祕密社會，夜夜有歡慶的節目，鼠媽喊孩子們過來，講完鼠族悠遠的歷史，又說起傍晚出洞覓食，巧遇哪個宿世冤家。「還是得放膽去闖啊孩子。這城市的下水道跟上面的馬路一樣，走走就沒了，但總可以找到回家的路。」

這自然得提及人類長久的迫害。多少名留青史的實驗，靠的是一隻一隻老鼠以身試藥，晝夜跑迷宮，轉水車，成就生醫專家的榮譽富貴。人壽得以延長，老鼠是大功德主，牠們連吭也沒吭一聲。諾貝爾怎麼不頒一個奉獻獎給鼠輩呢？牠們連塑膠泡棉、碎紙、木塞等屑物一併啃嚼，活脫是分解垃圾的環保尖兵，咬嚙電線的驅力背後，不定藏著破壞文明的意圖。人類社會中，似唯有塚間阿羅漢無愧於「環保」二字，其餘一概做做樣子。日常的洗漱修飾他一律刪省，旁人嫌髒，他嘻嘻呵呵，街坊鄰居給他吃食他笑，不給也笑，睡他的騎樓走他的路。無家無子，沒有姓名識別，開口就那幾句，十年前是那模樣，十年後還是一樣，可說是絕聖棄智的反文明的極致了。

相較於我輩昌盛之後，經濟開發與餵養文明的種種把戲，其他物種遭受的波及，看在比人類更高的心智眼中，或許降下瘟疫，讓他們猜忌傾軋，征戰討伐，便是尋求萬物平衡的不得不然了。從這個觀點來看，不涉繁衍的同志之愛，也許是比較溫和的人口減量法了。

貓

前一陣子新聞：南部有四尺來長的鱷魚頻遭棄養，在駁坎溝邊繁衍，日漸北侵，越過曾文溪八掌溪。我猜想夜黑風高時牠們潛行，像小學生眺望遠方而有天踩上腳踏車，沿橋墩底下的鐵管或涉過溪水，一段新的遠征開始。趁司機不察，悄悄搭上西瓜貨車的後斗，往前推進數十里。當晚風叩動窗櫺，門外野草與藤蔓窸窣的圳溝暗處，也許一尾游曳擺尾的鱷魚，牠仰頭靜聽屋裡的腳步聲，心下揣想，再晚一些，我就迎著月光上岸，在無人的深巷漫步。

我曾在某次強風吹翻圳溝的鐵籬，上游工廠停止排放嗆鼻的藥水，開窗一望的瞬間，藤蔓爬竄的溝坡翻出撲通的落水聲。是隻電鍋蓋大小的烏龜，牠不及奔逃而跌入番鴨浮漾的水中。地氣濕暖的春末，葎草雞屎藤遍生的圳邊，肥如嬰兒小腿的蚺蛇緩緩褪皮，一圈一圈吐信盤整新生的軀身。溝邊後來架出一人高的水泥牆面，一隻足尾粗壯的野貓，牠踩著兩指寬的牆板，從北方的某處踏步而來。淺灰皮毛披上深灰波紋，充足的時尚感，鋼椎般的腰脊使牠的身姿像個武將，眉眼線條冷峻嚴肅，腳下蓬勃的野氣，蠕蠕而生的萬物，都在牠超然而倦懶的目光之中。牠是本村的戶籍訪查員。

這貓從北邊的木器工廠過來，某次我騎車經過，見牠蜷在老闆的車蓋上。老闆說廠房內到處是貨架，一挪開奔出一窩子貓，對牠們只能「放生」養法，左鄰右舍倒來一盆魚頭內臟，養大了由牠們自在來去，有時數日不歸，猜是誰家餵了好料。過來我家巡行的那隻的碗是個木缽，飯訖牠舔掌自洗面足，俯首弓背之後，繞屋而行。

我對貓的喜愛不過一般。見過的貓與貓似乎不愛彼此，之前鄰居的貓夜裡蹲踞樹上，得手電筒一棵一棵探照，呼喚牠下來。鄰人說，這貓若跟另一隻吵架，就會這樣。有天兩隻合力拖一隻老鼠埋入貓砂，「牠們的表情，」鄰居說：「是想送禮物給我吧。」

「我們以為牠們咬的，」貓兒啣物時我正好目睹，距離有點遠，「是你的拖鞋。」

村裡的野貓一向躲著人，風吹草動驚逃無蹤。這隻算異數，然仍非可親之徒，喚牠只是瞟你一眼，神情懶散。「貓爺！」路過的小孩喊牠，三催四請換來一個回眸。孩子更樂了，「牠在看我！」牠的眼神翻成人話約莫是：「看吧，被鄙視，使你們快樂。」

這樣的嬌懶於某些人眼中，簡直要奉若神明了，且愈是怠慢愈遭寵溺。想想也是，供養的神若三天兩頭符應信眾的呼求，這神的下場會是如何，不難想見。貓雖疏懶，若一朝縱身奔向老鼠，幾乎每撲必中，以迅雷之姿拿來跟前玩弄，氣勢與機敏齊發，平靜倏變為猙獰，素來最善逃匿的鼠輩只能乖乖就擒。也許平日的發懶是在練「慢瑜伽」之類的內功，出手才能敏捷如此，不折筋骨不傷腰身。

近年日劇出了兩個很紅的配角，遠藤憲一、松重豐，都是一張鱷魚臉，演起反派占了些便宜。近來兩人戲路有變，裝憨扮乖或飾起斯文受氣的暖男，生出了反差的趣味。《深夜食堂》的松重豐，是個二話不說的墨鏡老大，到了《孤獨的美食家》，他提著行李箱拜訪客戶談完生意，主戲才要開始：他滿面風霜穿梭尋覓，專注於湯勺碗盤之間咀嚼，眉花眼笑，一口心滿一口意足，倒也摺疊出各種趣味。吃了鯛魚，「瀨戶內海的紅鯛像是在說：請好好地享用我們吧。」自語得津津有味，嘴邊新鮮話直冒：「上帝一定是體諒我太辛苦了，才給我這麼美好的食物。」才看他吃得質樸，「我現在處於嗨大蒜的狀態」，則又讓人想問：喂你吃到哪裡了。

美食節目真不宜挑臉相過於悅眾的。「人的臉能騙人」早不是新聞，找來嬌甜可愛的靚妹，吃食的嘆聲若出一絲作態，賣相再佳的盤飧瞬間索然，不若大叔老實本分。這樣靜靜尋覓安分地吃，倒有些像貓了。

這大叔在短劇《今日的貓村小姐》裡，竟扮起家政貓！他套上毛蓬蓬的貓裝，柔順委屈的阿信貌，跑去主人家裡幫傭，伺候的那一家子倒比他像貓，懶吃懶喝懶懶地樓上樓下招呼，懶懶地當人。松重豐的 cosplay 彆扭逗趣，是隻「犬化」的貓，不斷蹭問主人「需要幫忙什麼」、「我做的菜如何」，這樣殷勤的貓也算稀罕了。

說起貓狗之別，鄰家的狗也會過來走動，當牠們離你很近而你呼喚，貓狗於「靠近」這事上便有了分別：狗會趨前舔你蹭你，窮一切心思招惹你的撫愛，而貓則遠離。各種在牠眼前的渾身解數，都是白費心機。都認識很久了啊。牠自顧倦懶梳毛。這難搞的質素，跟掌管文藝之神的脾性有幾分類似。無怪乎創作者一個一個伺貓如主，與這牲畜之間有弄不完的主奴遊戲。朋友中養貓狗者，似乎都有自己的貓言狗語，整夜相對膩歪噥呶，也算此日堪度，有益身心的人畜瑜伽吧。

阿妮塔某日跟我聊起寫作，過程中除了自我探索、療癒這些作用，來到發表的階段，便看出了作者的兩種類型：貓系與犬系作家。兩者於外界的變化同樣敏感，然貓系可以對風吹草動聽而不聞，頭尾蜷成一個小宇宙，旁人愛或不愛悉聽尊便；犬系則不同，事不干己的雞毛蒜皮一入他耳，也要吠個兩聲，強調自己的責任，彰顯自身的存在，討讚討拍討關注，無一刻不停息。

夜裡我關窗，牆上一雙炯炯的碧色目光，那隻深灰淺灰在看我，牠又來巡伺圳溝了。呼喚牠有聽見，牠不回頭，朝北方牆垣緩緩走遠。

請輸入密碼

我終於看出一點端倪。

停車場在中港路（我們習慣這樣稱呼）與文心路口附近。幾幢透天夾伺約四米寬的入口，你走經路邊，不易發現這裡藏一座廢園。不須掃描車號或取出代幣，你只須輸入密碼。繳費、出場同樣需要這組數字。

是比較罕見的出入模式。迎面一長排兩層樓的鐵皮小屋，底下門窗悉數拆除，鋼筋裸出一格一格車位，上方遮蓋的浪板大致完好，遠望像人去樓空的戲台。角落成包的垃圾邊，褪色的三角錐尖掛著鼓鼓的提袋，猜想裝填了街友的睡袋、毛巾。野草從牆角迸生，掀開凹凸起伏的地磚，竄出細榕枝條，兩三窩傾覆地面的鳥巢，高矮不一的苦楝、構樹，幾棵已有庭院主景的氣勢。枝枒斜倚二樓窗前，牽牛爬上屋頂，花葉垂懸，披在構樹身上，加了時光的醃漬，成一把陰森的綠傘。

這裡荒涼安靜。野長的雜木與斑駁牆面，時間的蒼老容顏（二十年不到吧），有幾分早年省政畫刊上的小鎮風光，隱晦的場景又頗適合曲風黏稠的情歌MV。

除去入口，其他三面高矮不一的大樓像水泥砌成的山壁，從殘磚碎瓦、藤蔓廣被的此處仰望，新有新的突兀，舊有舊的黴斑，高樓面面相覷，一整片晴翠荒城。若從彼端的陽台俯瞰，這裡像座蔭涼的山谷，遮去車頂日曬的酷熱，算是理想的夏日停車場。

起先我以為這是一間皮革加工或拉鍊五金工廠。隨地價飛漲產業轉移，任由時光處置，遂成一處人去樓空的廢墟。入口左側有間停業多時的咖啡廳，長框木門，暗色玻璃，是觀看車輛進出的最佳位置。再過去的店家以幾片油漆夾板遮住門面，門前一紙告示：倒店拍賣。留一扇窄門和小櫥窗掛出性感內衣，是一家情趣用品店。

我這才恍然：這原來是一間汽車旅館。我想起地理頻道上的絲路之旅，駝客商隊風塵僕僕找尋綠洲與偎水泉而生的旅店，走經磊砌牆石的入口，商人拴駱駝於樓台下方，餵牠們以糧草，樓上便是人們飲食休寢的客房。風沙大作的傍晚，有陌生女子叩門，她們搖鈴敲鼓，且歌且舞，月落遠方的深夜，依在男人懷裡呢喃，給我一疋絲綢吧，再給我一些珠飾與香料吧。

旅館往西一公里，便是國道一號。跑建材業務的學生K說，中港交流道的環形森林，樹木掩翳深密，是國道四百公里最美的一處。走完這一段綠蔭，便是車水馬龍的中港路。交流道方圓半公里，曾滙集十數家風格與造型競勝的摩鐵，看板四周一概藍紫兩色豔光，招徠尋尋覓覓的過客。如今半數已經變身成頭角崢嶸的商辦大樓，高價單位的豪宅，雙拼小庭園的透天別墅。每每車子自國道岔出減速滑行，樹蔭篩下的微光穿透車窗灑在儀表面板，常使K以為，前方一片是綿延到東方山脈的廣袤森林。

「最美的門面啊。」當夕光下的春風吹拂，新綠枝條搖曳草地，K說如果車子可以停靠，真想縱入這片草地，坐聽林外車如流水，讓蜂營的嗡嗡之聲，客戶與他叨念不休的女人，卷宗報表、美酒禮盒都留在喧囂的彼岸。

這樣的話K說了兩次。後來聽說他考取公家單位，也許他當初這痴心的想像裡，藏著對原先工作的百般不適與抗拒吧。

我在這個終於盼來一場微雨的夏日午後來到這停車場。稀疏的雨線穿過一頭濃綠的構樹承接小雨滴的篤篤之聲，葉隙上的鑰匙孔彷彿旋開了。這些屋子始終與外界通著聲息。那篤篤的拉出時間空隙的雨聲似乎在說：這塊地停留在一場長長的「休息」之中。種種因素使它目前只是一處賺取停車費用的廢園。之前它提供來此的人們倒車熄火，上樓暫居一夜，等待或抗拒黎明的到來。讓來客休息，如今也進入休息的狀態，試圖找回最自在的樣貌而舒展地上每一顆種子的可能。

如果不是被用作停車場，它可能成為路人忽略的小荒原：不是過於龐然的空地，沾溉了一些野趣而守住鬧區的幾分寂寥，以一種曾被使用復潦草棄置的姿態，任由葛藤雜樹恣生，蔓延，糾纏，覆蓋。它和中港路兩側的任何空地一樣，必然有千百個念頭打過它的主意，設計師與他的團隊熬夜繪圖，趕工製作模型，在電腦上畫出層次繁複、隔間曲折，梁柱的方圓安排有致，屋椽樓簷刻花鏤葉，使它在將來的某日，與周遭這些門牆色塊黜異，陽台披曬衣物的鄰居相互輝映。只等一紙公文，資金到位，這廢園便以它新得的名目，在巨幅繪製的看板上鄭重落款，以鋼構在大路邊的空地撐出它的嶄新面貌。或派雇人型看板，佇立於上下班的馬路旁。

這是最合理的推測了。儘管此刻它的面目屋殘瓦敗。當你在一個擁擠悶熱的夏日，連續被兩個停車場拒絕之後找到可供停車的那一瞬間，你會對城市的仁慈升起一絲絲的悅意，也不那麼計較同一時段的不同區塊，竟能衍生倍數的車費差異。你很快地被記事本上的待辦事項下了符令，快速地穿梭在附近幾個街區，掛號預約，申辦貸款，領取包裹，在時間的指標上一一完成這日常的一天。

誰的耳朵是驢的耳朵

拆剝自己及同類的皮是件殘忍的事。還好上帝教會了人們寫「小說」。我的生活經驗頗侷促狹隘。待過的學校、城市就那幾個，旅行也不過幾處往復來回。別人在讀書見聞上的壯闊展延，我差得遠。若說有什麼特別之處，說來見笑，便是心裡裝了數不清的，他人的私語。

幾年前我換掉了客廳的舊木桌。我稍稍數算近二十年曾來到這桌邊吃飯喝茶的，幾近千人。這些朋友帶來不同的故事或同一個事件的不同版本，在我離群索居的這幾年，漸漸我發現，這些故事會彼此探問互相串場，幫對方梳妝打理，勾勒眉角，長出奇異的樣貌，偶爾也會來心底攢掇一下：喂，什麼時候給我們一個名分與命運，放我們到這世間走一走？

我個性的駁雜多面向（沉靜與跳盪，孤冷與溫潤，世故與天真……）讓我頗容易被朋友同事找去，走到電腦教室的角落，辦公室外的走廊盡頭，校門對街的速食店，就一件旁人不那麼在意而當事人已凸腫眼泡的細碎，偎在我耳邊：「不要跟別人說喔。」眼色瞟左遞右，自顧絮叨。

……枕邊人的加密檔案。主管的曖昧簡訊。小孩老師留言簿的簽注。健身教練擱在置物櫃上方的小物。……

我像童話裡國王的理髮師緊緊圈住的樹洞，瞧對方因鬱結釋放，緊憋的眼角漾出亂髮一般的笑紋。

「是這樣喔。」被當成樹洞而傾倒過來的那些，有些涉及我也熟識的朋友。

「告訴你，」甲說：「『那個人』不是你們看到的那樣。」

「那個人」也講過甲：「『那個人』非常那個。」

也許他們各自找過其他人，其他人又找其他人，到最後，所有的人回頭一看，每個人都長了一副驢的耳朵。

這樣的通俗劇演過幾次我多少明白，他們講的不全然是真，彼此的心念也不甚歹惡，說的人也會來回抹刷：「我不是在說他不好，上回他去緬甸，還幫我帶了只手環呢你看。」所以，他們揪住你拐彎抹角後勾那個人一下的那個用意，是什麼呢？

不久我又看見，他們嘻嘻約吃中餐，逛百貨公司，聊最新的網路劇。所以和好了？那也未必。沒有和好卻一起吃飯，端出來聊的又會是什麼？他們想看寄放在別人心裡的樣子？

大家都讀了些書，都上過什麼工作坊，桌上壓著觀音聖像箴言福音，談笑未必有鴻儒，往來不會有白丁。不可能誰還是個單純無念的人。有的揀他想說的，有的不說。

我有幾次領教過對方的指摘，在日常私語之後。某夜友伴吐露完心事，甚是愉悅地環顧餐廳一圈：「神奇哪，剛剛我和你之間好像隔一扇告解室的小窗。」「我也有這樣的感覺，」我拍拍沙發扶手，順勢接話：「好像閉眼就能看見，告解室外有座小木梯，通到深不見底的地下室。」我們走向停車場，揮手道別。

半夜，簡訊來了：「憑什麼說我躲在地下室，你心中住著惡靈你知道嗎，別自以為寫小說就高高在上。」彷彿也收到了對方宣洩後的舒坦表情。

不是第一次了。又怎麼了？心中浮著不甚甘願的歉意，喔抱歉了讓你夜不成寐。我起身捶床，手機踢到床尾，尋思晚上對方說起另一個朋友的是非，我連聲「嗯，唔」，明知不對也沒有替朋友辯駁。那時我還岔神地自悟，咦，好像揭人家的底比心不在焉地褒讚，更能釋放壓力呢。

這下換我夜不安眠了。我不舒服，我鄉愿狹隘智慧低下，才會讓細碎浮渣噴了一身。看看牆上低眉微笑的菩薩吧，我就是個雞腸鳥肚的人，對方搞不好在剃刀邊緣而你跟人家揪心切齒個什麼勁。那個最黑暗，欠揪出來示眾的，不就是我？還好意思地自以為坐在告解室的沙發上呢。自找的。

最有趣的是，每天還得朝夕相見，在幾十人的大辦公室裡待彼此如透明（幾回經過大學研究室的走廊，我偷偷踮一下腳尖：那些終日緊閉的門扇後面，隱隱透出窸窣聲的牆的另一邊，在做什麼呢）。他高聲哈哈說韓劇我便去走廊洗手，水龍頭後方鐵皮的水珠上一張小小的臉在笑：「你好弱啊。」他吆喝眾人吃長崎蛋糕我也過去圍坐，大家笑說再來一杯日月潭紅茶就太美了。沒人跟你說話。招呼寒暄已不可能，我試過了，放下，再放下。微笑，深呼吸。下一次當熱臉碰上冷空氣，還是要再練習一次。這不是業障是什麼。

到最後覺得沒必要了。終於我發現，我也可以將這些放在一邊，回去檢查冰箱日出蛋糕的保存期限，換我請大家吃吧。不然呢？人人都想去別人那裡借一把蒜頭燉自己的雞湯。都有垃圾要倒，順便盤點自己的人馬。人與人一旦不願互相理解，竟是那樣輕易。輕易到有時你什麼都沒做，起床已滿身亂箭。

我這樣說，並非特意指陳哪個工作場所容易積是生非。有人聚集的地方，就會有這些。細碎流言在群體中輾轉流傳，有的揭穿了反而風平浪靜，有的看似尋常，卻鬼打牆地生出不可逆料的事端（很暗合情節翻轉的要素吧）。到底當時（事件的當時／拿出來說的當時）發生了些什麼？若模仿上帝杵在高處觀望，那種觀點寫作書裡屢見不鮮；若捨棄現成的套路，從這些細碎蒜皮的浮沫中，還可以提煉什麼？

這些沒長進的經歷，讓我省悟裡頭藏了上好的小說材料，又是幾年以後的事了。我必須招認，友伴們精於敘事、像巫師那樣召喚事物現身的法術頗讓我著迷。日常灰燼裡撥取出來的細瑣，擠壓變形之餘，加之以刻意輕省、不著痕跡的口吻，重新編織事件的筋脈，又添之以怨慕泣訴的聲口、節奏、韻律的鋪陳，一節一節吐露衷曲。事件的本身從來無解（也沒要我解決吧），於是，在某個傾聽的縫隙中，我摸上觀眾席坐下，時而讚嘆語言創造現場的能耐，狀各色難寫之物，各家奇崛之祕，如在目前。活脫天橋下結業出來的。

這能耐被關注在幾個幽微細小的坎穴裡，我除了嘆服，還有嘆息：這些天生的敘事長才，隨手拈來個幾則，都可編出這個時代的坎特伯里故事。

當然，善於敘事的口舌與像樣的小說語言是兩碼子事。收攏了這些細碎，往意境的路上展延，其間仍有距離。嘆賞的同時我不免尋思，如果我有挪桌置椅，裁事點染的能耐，這些搬不上檯面的粗礪物事，是否能淘洗出動人的質地？如果寫出來只是「喔，有這樣的暗黑啊。」那是解剖人性的刀法太單一了，沒能讓這些事物抬升到一個眾人合意的地方放生。

……社會運動大老的茶葉罐收藏癖。心靈教師鼓脹的手提包。優質民代的桃色記事本。靦腆結巴的實習生，手機一滑變身成社群媒體上風風虎虎的那個網紅。……

「不要寫進去啊。」

「可要寫進去喔。」

挖掘那些亟欲遮掩又渴望暴露的，究竟為了什麼？熊秉明《關於羅丹》：「在深夜，人們躲躲藏藏地在祕室去進行，雕刻家好像把那些屋頂都揭開來，像頑童揭開大石，顯示蟻穴的內景。可憐而又神聖的遊戲，羞恥而又嚴肅的遊戲。」雕塑與宗教的親偎緊靠，熊的說法多少有肅穆氣。日常的細碎比較像普魯斯特的往事追憶，拼貼的磚痕，戲院外的街聲，市攤布棚下的勾搭，前頭這人親暱搖扇，轉身又遮臉指陳，人性的表面與裡層，詭譎的幽光，神祕的暗室，這些本質論上無法一塊一塊切割明白的，恰恰讓我們順勢躲開「那個人」，把關乎「那個人」的想像與迎拒，拋扔進暗處的肝腸雜碎，一次一次在逼迫自己也饒恕自己的喘吁中明白，再沒有比挖掘自身幽暗的深溝更驚心動魄的了。

還好，我們可以置姓換名，搬移事件，輾轉迂迴，就這樣一階一階，一層一層削其皮肉，剔除筋骨，供養出不會讓人好受的如剮如割的剖面，以文字薰蒸調釀，直通那未知的深暗之泉。然後有朝恍然：「那個人好熟啊」的一瞬間，又推開他。

從那些被弄出來的故事中，我們終於見到了自己。不再閃躲的自己。

九　歌　文　庫　1　4　0　4

如果在冬夜，一隻老鼠

國家圖書館出版品預行編目（CIP）資料

如果在冬夜，一隻老鼠 / 張經宏著. -- 初版. -- 臺北市 : 九歌出版社有限公司, 2023.05

面； 公分 . -- (九歌文庫 ; 1404)

ISBN 978-986-450-558-6(平裝)

863.55　　112004762

作　者——張經宏
責任編輯——張晶惠
創 辦 人——蔡文甫
發 行 人——蔡澤玉
出　版——九歌出版社有限公司
台北市 105 八德路 3 段 12 巷 57 弄 40 號
電話 / 02-25776564・傳真 / 02-25789205
郵政劃撥 / 0112295-1

九歌文學網　www.chiuko.com.tw

印　刷——晨捷印製股份有限公司
法律顧問——龍躍天律師 ・ 蕭雄淋律師 ・ 董安丹律師
初　版——2023 年 5 月
定　價——350 元
書　號——F1404
I S B N——978-986-450-558-6　(平裝)
9789864505609 (PDF)